財神門徒

之1

股神之秘

劉晉成 著

財神徒門

目錄

楔子

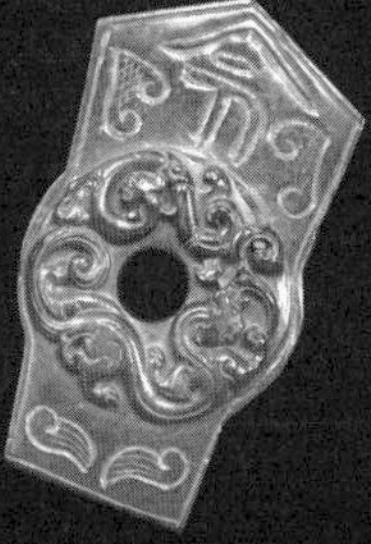

「爺，若不能為你復仇，我尋它何用？」

老人渾濁的雙眼睜得極大，想起當年的慘狀，至今仍是忍不住心悸。

「毀我天門者，天門必殺之！」

孤城之外，荒野之中。

一雙滿是褶皺的老手，顫巍巍地撥開墳前幾近一人高的雜草。

他似乎行了極遠的路，遠道而來，耗盡了氣力，丟下木杖，一屁股坐在了墳前。

腰上懸著酒葫蘆，他從懷裏掏出兩只白瓷酒盅，一只放在墳頭前，一只捏在手裏，各滿上一盅酒。

那老人喝了一盅，皺緊眉眼，咳了幾聲，渾濁的老淚順著眼窩流了下來，也不知是否因酒烈而嗆人淚下。

「爺，這是你最愛的百花釀，喝一盅吧。」

老人端起墳頭前的酒盅，將酒盅的酒傾灑在墳頭。

天色漸晚，炊煙裊裊升起，一陣陣哞哞的牛叫聲自不遠處傳來，耕作一天的農人正趕著耕牛回家吃飯，三五閑聊著，路過荒野，看到了孤墳前的老人。

農人們早已不覺奇怪，稍微上點年紀的農人們都知道，這老頭每隔三五年總會來此一趟，只是看上去精神愈來愈差。

「老哥，深秋了，地上寒氣重，我家就在前頭的村口，去我家喝碗熱湯吧。」

莊稼漢子扛著鋤頭，見這老人孤苦一人，於心不忍，便上前發出了善意的邀請。

老人低著頭，自顧喝著酒，卻是充耳不聞。

「老哥、老哥……」

那莊稼漢子又喚了幾聲，可那老人依舊坐在墳前，始終不見他搭話。

莊稼漢子搖搖頭，扛著鋤頭牽著牛回家去了。

天色漸晚，不遠處的小村子裏家家戶戶點起了油燈，荒野再次沉寂了下來，隨著夜幕降臨，老人佝僂的身軀似乎與這荒野融為了一體。

酒葫蘆躺在一旁的雜草上，葫蘆口時不時的滴出一兩滴酒液，兩只酒盅東倒西歪，散落在墳前。

夜風中，老人盤著腿坐在草叢上，雙目通紅，不時的咳嗽，一張臉時而刷白，時而漲紅。

老人從懷中掏出一物，那東西被幾層麻布裏著，夜光下，似有清輝透過層層麻布，猶如螢火之光，雖是黯淡，卻不減清冽。

「爺，那東西我尋回來了。當年你因此物富貴天下，也因此物喪了命。我本想尋回這東西之後，在你的墳前將它擊碎。」

夜風掠過荒野，吹得野草搖曳不定。

老人咳了幾聲，一張老臉又是漲得通紅。

「爺，若不能為你復仇，我尋它何用？」

老人渾濁的雙眼睜得極大，想起當年的慘狀，至今仍是忍不住心悸。

「毀我天門者，天門必殺之！」

一聲脆響，不知何時撿起的酒盅，竟被他雙指捏得粉碎。

「爺，你歇著吧，老奴走了。下一次，我會帶著他來看你。」

第一章 冰清玉潔之物

「別碰那些銅臭的東西，太髒了。來，這個適合你。」

也不見那老頭如何出手，一個玉片模樣的東西落在了林東的面前。

林東將那玉片撿起仔細看了看，玉片跟撲克牌差不多大，中上方有個可以穿掛繩的小孔，厚度大約有三十毫米。

他不懂玉，也不知道是不是真玉，只覺得捏著玉片的手冰涼冰涼，很是舒服。

「小夥子，你骨骼清奇，與這冰清玉潔之物最是搭配。既然有緣，可別錯過了。」

七月的蘇城，空氣中流動著一種令人躁動不安的氣息。

林東覺得有些喘不過氣，胸口很悶，扯了扯箍在頸上的領帶，抬頭看了看壓得很低的天空，烏雲上方似乎正醞釀著一場狂風暴雨。

不知不覺已經走到了公司樓下，抬頭看了一眼公司的招牌，「元和證券」四個字映入眼簾，只覺壓在胸口的石頭更加沉了。

剛打算進電梯上樓，口袋裏的手機忽然響了，一看號碼，是大學時的室友李庭松打來的。

林東走進了電梯旁邊的樓道，靠在欄杆上，接通了電話。

「喂，老大，最近怎麼樣啊？」電話那頭傳來李庭松興奮的聲音。

「就那樣，瞎混。」林東很不想回答這個問題，也最害怕回答這個問題。大學裏品學兼優、出盡風頭的那個林東，現在風光不再，已經快落魄到交不起房租的地步了。

李庭松與林東在學校裏的關係很好，所以每逢有什麼喜事的時候都會第一時間打電話給他。因此，林東清楚地知道他第一次交女朋友、第一次親吻女生的時間。

「老大，我升職了，剛才我們老闆找我，和我聊了天，估計正式通知下周就會出來。」

聽到李庭松升職的好消息，林東心裏的感覺很複雜，有高興，有沮喪，甚至有些氣憤。

作為好兄弟，林東當然替李庭松感到高興。但在他眼中，李庭松只是個公子哥，和溫室裏的花朵一樣，一點苦都沒吃過，就連在大學裏的考試，每次都是靠他幫忙才避免被當的噩運。但是李庭松命比他好，有一個當官的老爹和一個經商的老媽，家裏有錢有勢，畢業之後，直接進了蘇城的政府機關。

「老三，好好幹，老大替你高興。」

李庭松在電話裏眉飛色舞地說著，東拉西扯，說一些同學的近況。林東「嗯嗯」地應付著，十幾分鐘後，終於等到李庭松沒話講了。

掛了電話，林東深深吸了一口氣，心緒波動，勾起了無數回憶……

大學畢業之後，林東沒有回到老家懷城。他習慣了蘇城的繁華，夢想著憑自己的能力有一天能在這座城市站穩腳跟，打拚出屬於自己的一片天地。但是現實是殘酷的，畢業後一個月的時間，他到處投簡歷找工作，花了三百多塊錢，窮到兜裏只剩下不到五百塊錢，又交了三百塊錢房租，吃飯的錢都不夠了，真的是到了山窮水盡的地步。

形勢逼人自強，他只好先去一家公司做倉管，每個月一千五，住在倉庫裏，一日三餐都不花錢。

畢業半年之後，林東接到了爸爸的電話，村長把他家的聘禮退了回來。想到四年前的光景，他唏噓不已。

那時候，林東考上了大學，成為柳林莊第一個考上大學的人，村裏人都說林東是跳出了農門，不用再過面朝黃土背朝天的日子了。村長柳大海的女兒柳枝兒和林東青梅竹馬，從小一起長大。那個夏天，柳大海主動上門，訂下了林東與柳枝兒的婚事。

柳大海本以為把女兒嫁給一個大學生，自己也能跟著沾光，後來知道了林東現在的工作與收入，腸子都悔青了，不顧柳枝兒強烈反對，向林家提出了悔婚。

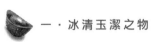

林東的父母無奈之下也只好答應。過了不久，柳大海就替自己找好了親家，聽說是鄉裏的什麼幹部。後來他收到了一封柳枝兒的來信，信封裏裝著一塊真絲手帕，那手帕是林東大一寒假從蘇城帶到老家送給她的，手帕的空白處，有一團模模糊糊的紅字，勉強可以辨認出是「忘了我」三個血字。

十指連心，手指流出來的血是從心裏來的。拿著曾被柳枝兒眼淚浸透的手帕，從不流淚的林東哭得稀哩嘩啦，知道柳枝兒是愛他的，只是沒錢，他們就不可能有未來。

林東大病了一場，一下子瘦了十五斤。好了之後，他幡然醒悟，意識到金錢的重要性，毅然決然辭了倉管員這份工作，然後去網吧裏待了一天，逛遍了各個招聘網站，投了很多份簡歷。

後來接到一家公司的面試電話，對方說出了公司的名稱，林東一下子就想了起來，因為當時流覽網頁的時候，這家公司的招聘廣告很有吸引力，「一年買車兩年買房」，衝著這個，林東好好準備了一番，順利通過了面試。經過一個星期的培訓，林東高分通過了從業考試，拿到了證券業從業資格。

正式入職之後，明白了公司的考核制度，半年之內，客戶資產必須要達到三百萬，否則的話就被淘汰。林東很努力，每天在銀行駐點的時候，都很積極地行銷，但是連續四年的下跌行情，已經使許多股民失去了信心，空倉不操作股票的人居多。

與他同時進公司的同事大多是本地人，靠著固有的人脈關係，有的一個月就做到了三百萬客戶資產，完成了公司考核。而他不是蘇城本地人，沒有客戶資源，只能靠自己一步一步累積，因此進展十分緩慢。

「哎，林東，是你呀，在這兒發什麼呆呢？趕緊上樓去吧，四點半要開會。」

高倩打斷了林東的回憶。林東一抬頭，看到的竟是高倩豐滿的後臀。這個蘇城本地的女孩熱情開朗，有些嬰兒肥，為了消耗脂肪，一直走樓梯上下樓。

「你今天怎麼也走樓梯？難不成也要減肥？」高倩的話很多，好像跟每個人都很熟。

林東不能把心事告訴她，撒了個謊，說道：「好久沒鍛鍊了，爬爬樓運動運動。咦，高倩，你今天看起來很開心啊？」

高倩回頭對他一笑：「悄悄告訴你，我今天賣了十萬塊錢任務基金，能拿到一千兩百塊提成呢。」

林東擠出一絲笑容：「那恭喜你了，高倩。」

兩人聊著就到了六樓，各自回到辦公桌上。鄰桌的同事徐立仁，也是與林東同時進公司的，正在電腦上鬥地主。徐立仁家境不錯，有好些有錢的親戚，進公司一個月就完成了三百萬的考核。

在元和證券這樣一家以結果為導向的公司，只要業績好，上班的時間別說可以打遊戲，就算回家睡大覺，也不會有人管你。

公司的例會從四點半開到了五點半。例會結束之後，林東接到了頂頭上司郭凱的電話，要他去辦公室一趟。這時，公司的同事開始陸續下班回家，林東敲開了郭凱辦公室的門。

「郭經理，你找我？」

林東進了郭凱的辦公室，郭凱指了指對面的座椅，示意他坐下。

郭凱進證券行業差不多五年了，熊市牛市都經歷過，曾經在牛市的時候也發過一筆財，可以說，在做客戶方面很有經驗。

「小林，最近遇到了什麼問題？」郭凱開門見山，直接發問。

林東搖搖頭，不是他沒有問題，而是他的問題一直都存在，而且解決不了。

「小林，你是公司最努力的同事，這一點不僅是我，三位老總也都看在眼裏。你也知道公司的制度，不會因為你一個人而改變，所以……」

郭凱說到這裏，沒往下說，他實在不忍心打擊這個面前的小夥子。林東雖然沒有背景，但是郭凱一直都很看好他，在他眼裏，林東是個沉穩冷靜、肯努力、願做事的員工，這樣的員工，正是所有公司都缺少的人。

林東明白他的意思：「我進了淘汰黑名單，明天我會主動離職。」林東在回公司的路上已收到了公司群發的飛信，他的名字赫然就在淘汰名單之列。

郭凱歎了口氣：「別急著辦離職，還有半個月你才入職滿半年。林東，別的不多說了，我希望你能留下來。」

在遭受了很多同事的冷眼之後，聽到郭凱這番話，林東的心裏很感動。就算半個月後還是難免被淘汰，他也要堅持到底，不到最後一刻，絕不能自己先放棄。

從公司到租住的房子要坐五十分鐘的公車，林東下車的時候已經七點鐘了。他住的這片叫大豐新村，放眼望去，儘是一片連一片的低矮平房，就是人們常說的城中村，住在這裏的都是從外地來蘇城打工的。

林東為了省錢，租的那間平房只有八個平方米。

起風了，林東頓時覺得涼快了許多。他並不急著回去，此刻是大豐新村最熱鬧的時候，到處都是擺攤的小販，空氣中飄蕩著各地風味小吃的味道。林東花三塊錢買了一塊蛋餅作為晚飯，一邊啃著蛋餅，一邊往前面的舊書攤走去。

蹲在攤前翻了一會兒書，還是以前看過的那些書，頓時沒了興趣，轉眼一瞧，舊書攤旁還有一個攤位，擺了一些古玩玉石之類的東西。他以前從沒見過這個小攤，不禁來到古玩攤前，撥弄起那一堆生了綠鏽的銅板。

「小夥子，需要點什麼？我這兒都是好東西啊。」那攤主是個七十歲左右的老頭，手裏把玩著一把紫砂茶壺，眯著眼睛。

林東心裏納悶，附近的居民都是每日為生活奔波勞碌的農民工，這老頭竟然來城中村賣古玩，如果不是瞎了眼，就一定是賣假貨的騙子。

「別碰那些銅臭的東西，太髒了。來，這個適合你。」也不見那老頭如何出手，一個玉片模樣的東西落在了林東的面前。

林東將那玉片撿起仔細看了看，玉片跟撲克牌差不多大，中上方有個可以穿掛繩的小孔，厚度大約有三十毫米。他不懂玉，也不知道是不是真玉，只覺得捏著玉片的手冰涼冰涼，很是舒服。

「小夥子，你骨骼清奇，與這冰清玉潔之物最是搭配。既然有緣，可別錯過了。」

林東也不知為什麼，脫口而出問道：「這塊玉多少錢？」

「兩百。」那老頭瞇著眼，伸出兩根手指。

這價格林東根本承受不起，放下玉片，起身準備回家。那老頭忽然睜開了眼睛，打眼往他身上一瞧，笑道：「既然有緣，價格好說嘛。你開個價吧。」

不知怎的，林東像是被迷住了心智，目光就是離不開那塊玉片。

「一百塊。」林東試探性地報出了價格。

「好，成交。」沒想到那老頭一口答應了下來，趕緊把玉片包好遞給了林東，林東百般不捨地從褲兜裏摸出了一張票子給了他。

回到了住處，林東打了一桶涼水沖了個澡，一下子涼快了許多，過了十幾分鐘，只覺胸口更加煩悶。躺在床上，手裏拿著那塊玉片，忽然清醒了過來，後悔不迭，怎麼會花一百塊錢買這東西？那可是他十天的飯錢啊！

「真是敗家！」林東心疼那一百塊錢，狠狠給了自己兩個耳光。

夏日的夜晚總是難熬，已經晚上十點多了，林東躺在床上翻來覆去，一點睡意都沒有，房間裏實在是太熱了，就連風扇裏吹出的風都是熱的。那玉片被他丟在一邊，黑暗中，玉片裏面似乎有細流湧動，發出淡淡的清輝。

林東翻了個身，眼睛正好對準玉片所在的位置，忽然覺得一道涼氣吹到臉上，睜眼一看，黑暗中，那玉片清輝繚繞，散發出冰涼之氣。

他一驚，翻身坐了起來，一把抓住玉片，一隻手頓時涼透了，冰冷舒爽的感覺傳遍了全身。定睛細看，玉片裏面不知有什麼液體在緩緩流動，表面的清輝似乎是從玉片內部溢出來的一般。

林東大感詫異，心中駭然，心想這玉片十分古怪，應該不是尋常的東西。

「難道我時來運轉，地攤上撿到寶物了？」林東閉著眼睛躺在床上，腦袋裏充滿了幻想，決定明天去玉器行找懂玉的人鑒定一下，說不定真是古董，那就發達了。

黑暗中，那玉片靜靜躺在林東的胸口上，玉片表面裹著一團清輝，彷彿暗流一般慢慢湧動，一絲一絲透過毛孔滲入了他的體內，那感覺舒服極了，就像三伏天在老家後面的河水裏游泳一樣。

第二天，林東早早地醒了，睜眼一看，剛到五點。林東平時都得睡到七點鐘鬧鐘響的時候，但是今天竟然提早兩個小時醒了，而且精力充沛，沒有絲毫疲憊，真是奇怪。

他從七歲開始就幫家裏做事，以前每逢暑假，一大早就會起來去山上放牛砍柴，從來沒有睡醒了賴在床上的習慣。

林東起身準備下床，看到了貼在胸口的那塊玉片，拿起來一看，玉片似乎發生了變化，裏面的液體竟然成了一個房子模樣的圖案。林東清楚地記得，昨天晚上睡前玉片裏面是什麼圖案也沒有的。

太邪門了，林東簡直不敢相信自己的眼睛，玉片竟然會變化。

洗漱完畢，林東找了根紅繩，把玉片掛在脖子上，拎著包上班去了。

每天八點半是公司的晨會，公司總部的分析師會在晨會中做一些報告，主要是回顧歐美股市的走勢，介紹一下剛放出的政策消息，以及對當日股市走勢及熱點的預測。

林東每次都很認真地聽完晨會，做好筆記，但他發現，總部分析師的預測幾乎就沒有準過。剛進公司那會兒，他還會把他們的預測發送給潛在客戶，因此也做死了一些潛在客戶。後來，林東經過一段時期的對比，知道了這些分析師的能力，也就不再向客戶發送消息，但總有些客戶需要這種預測，搞得林東發也不好，不發也不好。

徐立仁九點多的時候才到公司，林東正在QQ上與一個潛在客戶聯繫，徐立仁湊過來看了一眼，冷冷哼了一聲。

「林東，別理這種客戶，沒幾個鳥錢，還老挑刺。再說，你就快被淘汰了，別給自己找不舒服了。」徐立仁右手拿著油條，左手拿著冰豆漿，說話絲毫不考慮林東的感受，他打心裏瞧不起這個山溝裏來的小子，甚至有點討厭他，因為林東比他高比他帥。

坐在林東對面辦公桌的高倩聽了，眼珠子瞪得老大：「徐立仁，知道怎麼說人話嗎？」

高倩業績比徐立仁好，在公司的人緣更是比他好很多，徐立仁對她素來有些忌憚，被她罵了一句，也不敢回話，悶頭啃油條。

林東對高倩心存感激，徐立仁已經不是第一次挖苦他了，他不是沒脾氣的人，只是沒有底氣的脾氣他不發，高倩也不是第一次幫林東出頭，幾個跟林東熟悉的男同事都開玩笑說這小妮子喜歡上他了。

在林東看來，這是不可能的，高倩之所以幫他，只是因為仗義。

「小林，今天有什麼好股票推薦推薦？最近帳戶裏還有幾十萬資金，閒置著太可惜了。」對話方塊裏彈出了兩行字，林東看了看，沒想到聊了半天，又繞到了這個問題上。

只要能讓客戶賺錢，那客戶肯定對你言聽計從。這是魏總經常對員工說的，是一句真話，也是一句屁話。

林東雙手放在鍵盤上，內心糾結，不知道該不該向客戶推薦股票，晨會上推的股票肯定是不考慮的，分析師估計是收了莊家的錢，老是推薦莊家將要出貨的股票。

推薦哪支票呢？

林東已經決定了，兵行險招，如果瞎貓碰到死耗子，推薦的股票大漲，這個客戶基本上就做成了。

這時，感到胸口一涼，林東想到了早上在玉片上看到的房子圖案，一咬牙，賭一把，就推地產股！林東進了地產板塊，挑了兩支前期跌得厲害的地產股，一支是石龍股份，另一支是大通地產。

他對這兩支股票並不瞭解，就連這兩個公司在什麼地方都不知道。

「錢先生，今天關注一下石龍股份和大通地產。」林東一旦決定了，就不遲疑，啪啪啪敲了幾下鍵盤，發送了出去。

時間已經到了九點半，林東收拾東西打算去駐點的銀行。高倩看到林東要出門，叫住了他，兩人一起出了公司。駐點的銀行很近，相距不到兩百米。

在去銀行的路上，高倩似乎有話想說，但一直憋著，直到快到銀行門口。

「林東，跟你商量件事，我借你一個客戶，大概兩百萬資產，怎麼樣？」高倩很瞭解林東，她知道這個男人的自尊心很強，但是為了接下來能和他一起共事，天天見面，她內心裏很希望林東能夠接受她的幫助。

高倩名義上是借客戶給他，實際就是為了幫他，林東怎麼會不清楚她的想法？人家一片好心，總不能冷冰冰地回絕，但是接受她的幫助又是不可能的。

「高倩，你的好意我心領了，還有半個月才到考核期限呢，雖然已經到了懸崖邊上，但如果不是靠自己來完成考核，我覺得就算留下來也沒什麼意思。」

林東委婉地拒絕了高倩的好意。高倩心想，如果換了其他人，這麼一個天上掉餡餅的好事肯定不會推掉，雖然林東的拒絕讓她覺得有些難堪，但心裏對這個男人似乎又多了幾分敬佩。如今的社會，像林東這樣有傲骨的男人實在是太少了。

「林東，我看好你。」高倩丟下這句令人玩味的話，轉身進了銀行。林東站在原地愣了一會兒，有些丈二和尚摸不著頭腦。

十點鐘不到進了銀行，林東戴上工作證，積極地進行行銷，幾乎每個來銀行的成年人都被他行銷過。大廳經理從來沒見過像他這樣努力工作的小夥子，打心裏覺得林東不錯，所以在他行銷客戶的時候會在適當的時機給他一些幫助，諸如說這個產品不錯，或者是「他們公司很好」之類的話。

林東今天又留了八個號碼，在銀行一直待到四點鐘，時間差不多了，於是就收拾好東西回公司。到公司的時候是四點二十左右，他的手機是很古老的那種，黃屏的諾基亞，只能打電話發簡訊，沒法裝炒股軟體看行情。

到了公司，林東打開電腦準備看一下今天的行情。旁邊的徐立仁早就回來了，正對著滿螢幕的紅紅綠綠唉聲歎氣。

「哎喲，我的大通地產，真悲劇，上午剛割肉，下午竟然就漲停了。」

徐立仁用別人的名字開了個帳戶，平時也炒炒股票，據說投在股市裏的資金也有將近二十萬。蘇城經濟發達，本地人一般經濟條件都還不錯，二十萬對徐立仁家來說，也不算是什麼大錢。

林東坐在他的旁邊，清清楚楚聽到徐立仁說大通地產漲停了，有些激動，那不正是他早上推薦的兩支股票的其中一支嗎？林東默默深吸了口氣，點開了桌面上的炒股軟體，先是輸入了大通地產的代碼，這支股票可以說是低開高走，早上開盤到下午兩點鐘的時候都在縮量下跌，兩點過後，迅速拉升，三十萬大單直接封上漲停。

天啊，運氣不會那麼好吧？

林東繼而又輸入了石龍股份的代碼，跳到了石龍股份的介面，只覺一道熱血湧上腦門，簡直不敢相信自己的眼睛。同樣的低開高走，石龍股份今天的走勢幾乎與大通地產一模一樣，也是在下午兩點鐘之後迅速拉升，二十五萬大單封上了漲停。

旁邊的徐立仁仍然在唉聲歎氣，他買了四十手大通地產，成本價是四十塊，哪知道買了之後一連下跌一星期，套了百分之十五，在損失了兩萬四千塊錢之後，終於扛不住割肉了。

「林東，要是晚走兩三個小時，我就賺錢了。」

林東此時根本聽不見徐立仁的話，樂呵呵地盯著電腦螢幕，心裏的震驚無以復加。

「喂，小子，發什麼呆，我賠錢了你開心是不是？喂，我說話你聽到沒有？」

徐立仁虧了錢，心裏窩著火，正看到林東盯著電腦笑，火氣噌地躥了上來。

林東這才回過神來，轉頭看到徐立仁瞪大眼睛怒視著他，雙目之中似乎要噴出火來，笑問道：「不好意思啊，徐立仁，你剛才跟我說什麼了？」

「你小子幸災樂禍是不是？」徐立仁把椅子往後一推，站了起來，火藥味很濃，似乎是想和林東幹一架。

難道炒股賠了錢就不准別人笑嗎？林東的怒火一下子被點燃了，平時對他百般忍讓，已經忍受得夠多了，再忍下去還真當他是軟柿子，隨他怎麼捏了。

「你要幹什麼？」

林東騰地站了起來，足足比徐立仁高半個頭，頗有一種居高臨下的感覺，令人不寒而慄，徐立仁剛才的囂張氣焰忽然間就熄滅了。

兩人面對面站著，一下子產生了鮮明的對比。林東身高一米八，身材魁梧，手臂粗壯結實，肌肉線條棱角分明，如果真的打起來，無論是塊頭上還是力量上，徐立仁都處於絕對的劣勢。

徐立仁嬌生慣養，是個欺軟怕硬的主兒，見林東動了怒，一下子軟了下來，坐回到椅子上，只是眼裏滿含憤恨。

紀建明的辦公桌在徐立仁的對面，他是公司的老員工了，看到兩人差點打起來，趕忙過來勸和。

「大家都是同事，在辦公室這樣，影響可不好啊。」

聽了紀建明的話，林東頓時冷靜了下來，不知怎麼，今天竟然沒壓住火氣。他早知道徐立仁是這樣的爛人，為什麼要和他鬥氣呢？

林東坐了下來，嘴角溢出一絲苦笑，搖搖頭，心想，脾氣倒是見長了。

四點半的例會結束之後，同事們開始陸續下班，到五點半的時候，偌大的一間辦公室也就剩下林東和對面的高倩。

林東的住處沒有電腦，他一般都在辦公室的電腦上搜集資料，此時，他在百度裏鍵入了幾個關鍵字，諸如，玉片、變化、清輝之類的，他希望能在網上找到一些關於那塊玉片的資訊。令他失望的是，流覽了半個小時的網頁，一點有效的資訊都沒找到，百度大神看來並非是萬能的。

時間將近六點了，林東的ＱＱ閃了一下，點開一看，是高倩發來的消息。

「林東，今天上午跟你說的事情還算數。」

林東在心裏默默歎了口氣，高倩對他是真的不錯，為了能讓他通過考核留在公司，竟然要把自己的大客戶借給他。可她不知道，林東有自己的驕傲和自尊，在他心裏，與高倩只是同事關係，絕對不會接受她這個幫助。

「高倩，謝謝你。」

林東關了電腦，開始收拾東西，準備下班。高倩也起身收拾東西，兩個人一起出了公司。進了電梯，林東按了下一樓，又替高倩按了地下二層，高倩是開車上班的，要到地下車庫取車。

出了公司大樓，林東沒有直接回家，而是往公司北面兩三里路的古玩街走去。

蘇城是歷史文化名城，經濟也很發達，老百姓有興致也有能力去搜集古董。起初的古玩街只有幾家買賣古玩的小店鋪，後來逐漸成了規模，現在的古玩街店鋪林立，看客眾多，早先的幾個小店鋪率先完成了資本和人脈的積累，成了現在古玩街上最大的幾家店鋪。

林東把玉片握在手中，熟悉的涼氣從掌心湧向全身，雖然是三伏天氣，竟讓他覺得像是秋天到了，很是涼爽。

古玩街距離公司不遠，林東十幾分鐘就走到了那裏，手握玉片站在古玩街上，在一家匾額上寫著「集古軒」的店鋪前踟躕了一會兒，最終下了決心，推門而入。

來古玩街的客戶都很固定，做這行生意的都認識那些常來的熟客。古玩街上的店鋪與商場不同，一天裏能有十來個上門看貨的客戶就很不錯了，所以雖然鋪子不小，但是並不需要太多人手，大多數情況都是一個人看一間鋪子，又當老闆又當夥計。

林東進了集古軒，鋪子裏只有一個四十左右的中年男子，上身穿著白色襯衫，手裏拿著軟布，正在擦拭一個半米高的青花瓷瓶。林東對古董一無所知，不知道那瓷瓶叫什麼，但見那中年男子十分小心，猜想應該是個值錢的東西。

這中年男人頭也不抬，專注地擦拭手中的瓷瓶，似乎沒注意到有人進來。

「咳咳……」

林東咳了兩聲，那男人才抬頭看了他一眼。

「小夥子，隨便看啊。」

那中年男人看了林東一眼，就知道他根本買不起這裏的任何物件，雖然如此，他也沒有像一般人那樣冷言冷語，反而語氣中透出溫暖，這讓林東心裏的局促感少了許多，對他的好感增加了不少。

「大叔，我不是來看古董的，我是來請您幫我看件東西的。」林東說出了來此的目的，又追問了一句：「大叔，你們這裏幫人看東西怎麼收費啊？」

林東身上就剩吃飯的錢了，必須要事先問清楚價錢，免得一會兒難堪。

這男子抬起頭，放下手中的活，笑了笑，覺得這小子真是有趣，不熟的人進門都叫他老闆，熟悉的人進門或者叫他少東家，或者直呼他的名字傅家琮，還從來沒有人進門叫他大叔的，看樣子應該是什麼都不懂的外行。

「我們這裏不幫人看東西，但是交流交流倒是可以的，所以不收費。」以集古軒在蘇城古玩圈的名聲地位，一般情況下幫人鑒定古玩都會收取一定的費用的。傅家琮看出來林東沒錢，心裏又對這個叫他大叔的小子有幾分好感，當下就說不收費。

林東一喜，總算不用擔心待會沒有錢給人家而脫了褲子出門了，趕緊把玉片遞給了傅家琮。

傅家琮本來也沒想林東身上能有什麼好東西，但手指一碰到那玉片，頓時眉頭一皺，收起先前的輕視之心。他先是把玉片兩面大致看了一下，然後伸手拿過放大鏡，開始仔細品鑒。

林東根本不懂鑒定古玩的門道，只覺得傅家琮十分專注，見他臉上時而露出欣喜的神色，時而又是一臉的迷惑，大為不解。

過了半個小時，傅家琮放下放大鏡，閉目揉了揉眼睛。

「小夥子，恕我見識淺薄，玉的確是一塊好玉，但這塊玉片的年份、出自誰人之手我卻看不出來。真是不巧，我家老爺子出門會友去了，如果他在店裏，應該可以得到更多信息。」

傅家琮把玉片還給了林東，叮囑道：「小夥子，這是個好東西，以後不要輕易示人，以免召來禍端。你要是方便的話，留下電話號碼，等老爺子回來了，我打電話給你，你可以帶著東西再來一趟。」

傅家琮的善意提醒和剛進門時候的溫暖語氣都給林東留下了很好的印象，他覺得今天是走對門了，遇到了一個心地善良的好人，若是遇到了奸商，還不知道怎麼坑他呢。

「大叔，我叫林東，我把手機號碼留給你。」

傅家琮遞來了紙筆，林東在紙上寫下了自己的名字和手機號碼。臨出門前，傅家琮給了他一張名片，告訴林東有什麼事情可以打給他。林東雙手接過，看到了名片上印的名字，說了一句「謝謝傅大叔」。

第二章

財神爺

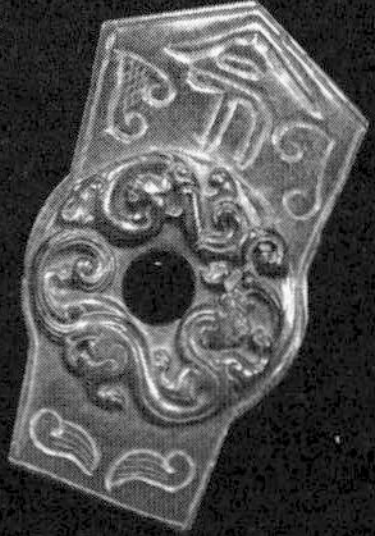

「小林，你太神了，今天推薦的石龍股份和大通地產都漲停了，我早上聽了你的話，二十萬殺了進去，全部買了這兩支股票，沒想到下午竟然漲停了，一天就賺了兩萬塊，真是痛快啊！我早上買了股票，就出門辦事，剛剛打開電腦一看，差點笑得抽過去。小林，你真是太神了，真是我的財神爺啊……」

林東到家的時候已經過了八點，又買了一塊蛋餅作為晚飯，路過舊書攤的時候卻不見昨天賣古玩的攤子，他找遍了周圍能擺攤的地方，都不見昨天的那老頭，後來問了幾個天天在附近擺地攤的攤販，都說從來沒見過那樣一個老頭，就連舊書攤的老闆也說沒見過。

這讓林東覺得很奇怪，明明昨天就在舊書攤的旁邊，舊書攤的老闆沒理由沒見到啊，難道是自己做了個夢？轉念一想，又覺得這個想法真是荒唐可笑，明明少了一百塊錢，明明多了一塊玉片，怎麼可能是做夢呢。

回到出租屋，林東洗漱完畢，躺在床上把玩著那塊玉片，心裏喜滋滋的，如果玉片真是個古董，那就發達了。他雖然不懂古董，但是經常在報紙電視上見到，一塊破銅爛鐵拍賣出動輒幾百萬甚至上億的價錢。

這樣想著，心一下子飛向了遠方。等他有錢了，就把老家的父母接到城裏享福，不再讓他們辛苦勞作；等他有錢了，或許可以令柳大海改變心意，他和柳枝兒說不定能夠再續前緣……

想到這裏，林東忽然一陣心痛，眼淚不經意間流了下來。

「嗡嗡……」

手機的震動聲把林東從幻想中驚醒，他擦了擦眼淚，調整好心緒，看了一下螢幕，是個陌生號碼，不知道那麼晚了誰會打電話。林東在疑惑中接通了電話。

「喂，哪位？」

「是小林嗎？我是老錢啊！」

林東一下子想了起來，早上的兩支股票就是推薦給了這個錢先生，以前在銀行遇到了一次，林東和他聊過，當時給了他一張名片，他卻不肯把電話號碼留給林東，只留了ＱＱ，說是網上聊更方便，所以林東沒有他的號碼。

「噢，錢先生啊，您好您好。」林東根本不急著說話，他知道現在應該是他牛氣的時候了，老錢肯定是來感謝他的。

「小林，你太神了，今天推薦的石龍股份和大通地產都漲停了，我早上聽了你的話，二十萬殺了進去，全部買了這兩支股票，沒想到下午竟然漲停了，一天就賺了兩萬塊，真是痛快啊！我早上買了股票，就出門辦事去了，也是剛剛到家，打開電腦一看，差點笑得抽過去。小林，你真是太神了，真是我的財神爺啊……」

林東在電話那頭默默聽著。這個老錢，起初進股市的時候有兩三百萬的資金，以前買的股票大多被套住了，但是套得越深越不甘心，在股市裏折騰了兩年，賺少虧多，帳戶裏只剩下一百多萬。這種賠了很多錢的客戶，急於撈回本錢，經常是病急亂投醫，有的時候比較衝動，容易聽信別人的建議，所以林東第一次給他推薦股票，這傢伙就真的買了，幸好是賺錢了。

「小林，你估計明天這兩支股票的走勢會是什麼情況呢？」

林東知道錢先生繞了那麼大一個圈子，可不是僅僅向他致謝的，主要目的還是為了這兩支股票，好在他臨下班前已經做足了功課，知道了這兩支股票漲停的原因，所以聽了錢先生的問題，心裏並不慌張。

「錢先生，石龍股份和大通地產這兩支票，我個人強烈建議你繼續持有。」林東話不多說，該惜字如金的時候絕不多言。

電話那頭的老錢聽了這話，心裏有些嘀咕，他本想明天開盤就走掉的，畢竟賺來的錢落袋才能為安。

像他這樣的散戶實在是太多了，之所以炒股票賺少賠多，最主要的原因在於沒有一個好的心態，賺了一點錢的時候就急於套現，不敢長期持有，套了一點點的時候也是這樣，趕緊割肉，缺乏穩定的心態和長遠的眼光。

用句流行的話來說，就是不夠淡定。

「小林，這兩支票明天會不會下跌啊？」此時的老錢對林東的能力已經是相當相信了，畢竟林東一天之內給他推了兩支漲停的股票，要是一支，可以說是運氣，但是一下子兩支漲停的股票，再說運氣那就未免有些牽強了。

「放心持有。」林東的語氣很堅定，有種不容置疑的味道：「據我估計，這兩支股票明天繼續漲停的可能性很大。」

老錢聽了這話，頓時覺得一股熱血急湧上腦門，激動得險些高血壓發作：「好，有你這話我就放心了。」

掛了電話，林東躺在床上，狠狠親了一口手中的玉片，他知道老錢這個客戶基本上算是搞定了。剛才在電話裏讓老錢繼續持有石龍股份和大通地產，可不是他隨口瞎掰的，下午五點多在公司的時候，他已經弄清楚這兩支地產股票漲停的原因了。

石龍股份和大通地產這兩家地產公司的總部都在廣南省，今天下午五點鐘左右，廣南省發了個文件，簡稱《廣南新政》，從發文之日起一年內，只要在廣南省購房的業主將會獲得政府每平米一百五十塊的補貼，而石龍股份和大通地產屬於廣南省地產行業的地頭蛇，兩家公司在廣南的市場佔有率超過百分之八十，出來這樣的利好消息，無疑會刺激這兩家公司的銷售業績大幅飆升。

林東在證券業混了已有半年，知道中國的股市就是政策市和消息市，今天下午兩點鐘後這兩支股票股價的大幅飆升，肯定是有莊家提前知道將要有利好文件出台，以他的經驗看，這兩支股票明天依然會有很大的拉升。

林東並沒因玉片的奇異功能而高興得沖昏了頭腦，此刻，他漸漸冷靜下來，心裏反而產生了一絲隱憂。

這塊會變化的玉片並不能直接告訴他哪支股票會漲，況且玉片上呈現出來的房子圖案是不是巧合還不得而知。今天是他運氣好，選了石龍股份和大通地產，如果換了其他的地產股，情況可就跟現在完全不一樣了。

林東心裏下了個決定，在沒弄清楚這塊玉片的奇異功能之前，必須要慎用玉片。但不管怎樣，這塊玉片拿來降暑還是很不錯的，只要往身上一放，效果絕對是立竿見影，整個人立馬就涼快了下來。

「一百塊錢連一個好點的風扇都買不到，這玉片可比風扇好多了，不費電，而且可隨身攜帶，那一百塊錢花得真是值了。」

那玉片貼在他的胸口，在這炎日的夏夜裏，給他帶來如此的清涼，林東很快睡著了。黑暗中，玉片被一團清輝裹著，那清輝彷彿活物一般四散開來，鑽入了他的毛孔。

第二天，林東依然是五點就醒了，看了看窗外，天剛濛濛亮，深吸了一口氣，感覺通體舒泰，清爽無比。

「真是奇怪了，連續兩天那麼早醒了，也不覺得睏乏，難道晚上吃的蛋餅還大補不成？」林東自嘲地笑笑，穿好了衣服，洗漱之後騎著自行車出了門，這車是他上大學時候買的，買的不知道幾手的車，早已經是鏽跡斑斑了，整個車子只剩下框架，少了許多零件，所以當時，才花了五十塊錢。

林東心想既然起那麼早，不如騎自行車去上班，每天能省下四塊錢的交通費，一個月就能把買玉片的支出省下來，同時還能鍛鍊身體。

從大豐新村坐公車到公司需要將近一個小時的時間，林東雖然很早就出門了，但是騎車要比坐公車慢很多，快到公司的時候已經將近八點鐘了。

「嘀嘀……」

身後響起了一陣鳴笛聲，林東騎在車上，回頭一看，是一輛白色的奧迪，車裏坐著的正是高倩。

林東揮了揮手，讓高倩先走。過了五分鐘，林東到了公司樓下，停好了車，在樓梯口看到了高倩，與她一起的還有公司的女副總溫欣瑤，兩個人都是為了瘦身很少坐電梯。

高倩微微有些豐滿，但是她外形甜美，微胖的身材倒是給她增色不少，整個人很有親和力。要說溫欣瑤，這個女人雖然已將近四十，但身材保持得極好，絕對是風韻猶存，比起二十幾歲的少女，更有一種成熟的誘惑力，極具殺傷力，公司的許多男同事私下裏都拿她作為性幻想的對象。

「溫總早。」林東打了聲招呼。溫欣瑤冷若冰霜，只是看了他一眼，連頭都沒點。

林東也不覺得奇怪，溫欣瑤這冰美人的稱號從她剛進公司就有了，十幾年過去了，這個女人變得更漂亮更有味道，就連冷豔的氣質也似乎尤勝從前，公司裏許多男同事都很忌憚她，雖說見了她忍不住要瞄兩眼，但是瞄完之後又想躲著她，生怕一不小心被她叫過去罵一頓。

溫欣瑤和高倩走在林東的前面，她今天穿了一身緊身的套裙，將臀部包裹的渾圓挺翹，上樓梯的時候臀部不停地扭動，林東真是抬頭低頭都不好，一抬頭就看到溫欣瑤扭動的臀部，一低頭就看到她那被名貴的玻璃絲襪包裹著的修長腿。

林東鬼使神差地跟在溫欣瑤的後面，在溫欣瑤這樣的女人面前，就連一向自認為很淡定的林東也喪失了抵抗能力。本想挪開眼睛不看，可就是忍不住要瞄幾眼，心裏恨道，林東啊，你終究只是個男人而不是聖人啊。

林東不知道，溫欣瑤此刻的感覺也很奇怪，雖然她早已習慣了被男人這樣偷窺，但是今天的感覺很奇怪，身後這個她一時連名字都想不起來的下屬的目光，就像是一隻無形的手，不時在她的敏感處撫摸撩撥，感覺很奇妙，讓她又愛又恨。

溫欣瑤回頭看了身後的林東好幾次，並未發現他有什麼特殊之處，但那奇特的感覺又是從哪兒來的呢，她一時間疑惑不解，心裏不禁加深了對林東的印象。

高倩的親和力實在是很厲害，就連溫欣瑤這樣的冰冷女人也能聊到一塊兒。兩人一會兒聊聊蘇城哪家餐廳的東西好吃，一會兒聊聊哪個國家什麼地方的景色最美，聊得很是開心。

林東跟在她們後面，一句話都插不上嘴，那是她們的生活，林東從未接觸過的生活。

林東心想，那應該就是有錢人過的日子吧，想吃什麼吃什麼，想去哪裏去哪裏，多麼令人嚮往的生活啊……

時間過得真快，轉眼間就到了六樓，林東恨不得再多爬幾十層樓，那樣他就可以繼續跟在溫欣瑤的後面，繼續堂而皇之地……

溫欣瑤進了自己的辦公室，把皮包扔在沙發上，一屁股倒在沙發上，嬌軀柔弱無力，目光迷離地看向窗外的遠方，似乎在細細回味剛才的那種感覺，真是很多年都沒有過過了。

想著想著，她冰冷而美豔的臉蛋漸漸潮熱起來，泛起了陣陣嬌羞，那樣子像是喝醉了酒一般，忍不住低聲嚶嚀幾聲。溫欣瑤取出包包裏的小鏡子，顧影自憐，鏡子中的女人，美豔不可方物，正如盛開的牡丹，端莊高貴，嬌豔欲滴。

聽完晨會，時間很快就要到九點半了，林東盯著螢幕，已經到了集合競價的時間，果然不出他所料，石龍股份和大通地產雙雙被大單封上漲停，買盤的力量很強勁。再過一分半鐘就到九點半了，不出意外，這兩支股票一開盤肯定就漲停。

林東起身離開座位，拿著杯子去倒水喝，旁邊的徐立仁又在哀歎他的大通地產賣早了，如果今天出手，他就能扭虧為盈，倒賺百分之幾。

林東接了水回來，時間已經到了九點半，正式開盤，石龍股份和大通地產雙雙漲停，他心裏沒什麼好擔憂的了，於是收拾好東西，離開公司去銀行。

到了銀行，大廳經理劉湘蘭見他笑容滿面，問道：「小林，有什麼喜事，笑得那麼開心啊？」

林東也不瞞她，答道：「劉阿姨，我推薦給客戶的股票漲停了。」

劉湘蘭一聽，頓時來了精神，前些年股市很火的時候她也拿了二十萬炒股，起初賺了不少，最多的時候帳戶裏有三十萬左右，後來行情下行，沒能及時出來，到現在帳戶裏只剩下十來萬。

「小林，阿姨的股票套牢了，你那麼厲害，指導指導阿姨，讓我也早日解套。」

林東道：「劉阿姨，你的那幾支股票我都看過了，套得太深了，沒法動彈，我建議你還是炒炒其他股票。」

「我也有這個想法，錢存在銀行一年也就那麼點利息，實在是太少了。你要是有好股票，一定推薦給阿姨啊！」

林東知道劉湘蘭不缺錢，她老公開了個工廠，每年有幾百萬的收入，女兒在英國讀書，每年寒暑假才回家，所以她平時也沒什麼事情可做。她炒股票與其說是為了賺錢，倒不如說是給生活添點樂趣。

上午十點鐘的時候，林東的手機響了，一看號碼，果然不出他所料，是老錢打來的。林東對著螢幕一笑，故意沒接，後來老錢又打了幾個電話過來，林東都沒接。

做客戶做到這一步，剩下的就是心理戰了。此刻，林東握有主動權，佔據先機，老錢現在是有求於他，也該是他做大爺的時候了。

在銀行待到下午四點鐘，林東收拾了東西回公司。

回公司的路上，林東撥通了老錢的電話。

「小林啊，怎麼沒接我電話啊？」林東還未說話，那頭的老錢似乎很急，拿起電話就說了起來。

「錢先生，今天真的是太忙了，有許多客戶到公司來找我諮詢，我也是剛忙完就給您回電話了。」林東這樣說的意思很明顯，你只有正式成為我的客戶，才能得到我及時的服務。

老錢也不是糊塗人，怎麼會聽不出林東話裏的意思，現在他對林東的實力深信不疑，當下就表了態。

「小林，明天我就去廣泰證券轉戶，投桃報李，怎麼說也要支持你的工作。」

林東要的就是這句話，壓住心中的喜悅，說道：「錢先生，你今天沒交易吧？」

老錢答道：「沒啊，怎麼？」

林東笑道：「那就好，那明天上午九點在我公司見吧，然後我陪你一起去廣泰辦理轉戶手續。」

「好的，明天我開車去你公司接你。對了，不好意思啊，小林，能把公司的具體地址再告訴我一遍嗎？」

林東把元和證券的地址又說了一遍，然後又和老錢確定一下時間，就收了線。到了公司，徐立仁早就回來了，這小子今天賣了三十萬的任務基金，正在座位上吃著雪糕，一副看上去很牛氣但又很欠揍的模樣。

林東拿著水杯去接水，在銀行行銷了一天，真的是有些口乾舌燥。奇怪的是，以前他從上午十點鐘站到下午四點鐘左右，回來之後都會覺得腰瘦背痛，但這兩天那種不舒服的感覺卻消失不見了。

林東大為不解，只當是站久了習慣了。

「林東，我和高倩他們幾個約好了，打算今晚下班後去西湖餐廳聚聚，你也跟著一起來吧。」徐立仁舔著雪糕，發出了偽善的邀請。西湖餐廳以其獨特、雅致而聞名蘇城，去那裏吃頓飯每客至少也要四五百塊錢，可不是林東這種收入能消費得起的。徐立仁不懷好意，這是存心想要林東當眾出醜。

林東笑了笑，還未答話，徐立仁又開口了。

「你不用怕沒錢，我今天不是銷售了三十萬任務基金嘛，能拿到三千多塊錢呢，你那份我會替你買單。」徐立仁為能說出這樣漂亮的話洋洋自得，一方面告訴大家他的業績有多好，一方面又告訴大家他有多大方，還能起到貶低林東的作用。一石三鳥，也難怪他那麼得意了。

對面的高倩本也希望林東能去的，那樣她就可以和林東多一些接觸，但聽了徐立仁這話，氣不打一處來，頓時改變了主意。

「徐立仁，今晚家裏有事，西湖餐廳我不去了。」高倩冷冷丟下這番話，徐立仁一愣，還未回過神來，原來約好的男同事紛紛表了態。

「哦，想起來了，今天是我奶奶生日，我也要回家。」

那幾個男同事本來就是衝著高倩去的，現在高倩不去了，他們可沒興趣跟徐立仁共進晚餐。紀建明捂住嘴笑了笑，徐立仁這小子老是做一些搬起石頭砸自己腳的事情，有高倩那麼個厲害的人給林東撐腰，他可別想在林東身上撈到便宜。

林東感激地看了高倩一眼，以表達對她解圍的感謝。

「呵呵，立仁，我今晚正好有空，咱倆去西湖餐廳吃吧，你說你請客的啊。」林東認守為攻，要讓徐立仁吃癟。

徐立仁嘴裏含著雪糕，聽了林東這話，差點氣炸了肺，但又不好發作，畢竟是他剛才當眾說要替林東買單的。

「哎喲，我肚子好痛。」徐立仁把雪糕吐了出來：「不行了，我肚子好痛，扛不住了。」

紀建明笑道：「嘿，徐立仁，吃壞肚子了吧，趕緊去廁所啊。」

徐立仁彎腰捂著肚子朝廁所跑去，辦公室裏響起了哄堂大笑聲。

過了十來分鐘，徐立仁回來了，他的肚子根本沒事，剛才躲在廁所裏抽了根煙，他是個賊精的人，才不會真請林東吃飯。

「林東，不好意思啊，我可能吃壞肚子了，現在要去醫院，今晚就不去西湖餐廳了，改天、改天我再請你。」

徐立仁說了這話，慌忙拿著包逃出了公司。

五點半的時候，林東下了班，騎著自行車回家，到了大豐新村的時候已經八點多了，他仍是到廣場上擺攤的地方逛了一圈，買了一塊蛋餅，推著車閒逛，希望能與那個賣玉片的老頭重遇，可惜又是一次失望而歸。

在大豐新村擺攤的人都很固定，林東在這裏也住了很久了，攤主基本上他都認識，從來沒有人像賣玉片的老頭那樣神秘。林東急於弄清楚玉片之中的奧秘，他想那神秘的老頭應該是知道的，只要找到了他，問題就能迎刃而解。可惜大豐新村這片地界根本沒人認識那老頭，人海茫茫，林東也不知去何處尋他。

那老頭肯定經常賣贗品坑人，怕人找他算賬，所以才打一槍換個地方。林東心裏這樣想，估計那老頭應該不會再來大豐新村了。

夜已深，林東躺在床上，一點睡意都沒有。他手裏捏著那塊玉片，已經放在眼前看了很久，仍是看不出一點門道。

「玉片啊玉片，你要真的是個好東西，那就趕緊幫助我做好業務吧。」

此刻的林東，滿腦子都是怎麼做好業務拿到更多的工資，哪裏知道這玉片的真正神奇之處。

林東親了一口玉片，鄭重地把它掛在脖子上，玉片貼在他的胸膛上，瞬間，一陣涼意沁入心肺，令他在悶熱難眠的夏夜不再難眠。

黑暗中，那玉片被一團清輝裹住，那清輝似一團霧氣一般，飄渺虛無，聚散不定，化作千絲萬縷的細芒，一條條鑽入林東的體內。而此刻，林東的身體也在悄悄發生著變化，他的腳心滲出一顆顆好似汗珠一樣的水滴，與汗珠不同的是，那一顆顆水滴之中都帶有雜質，因而顯得有些渾濁。

第二天上午，林東請了假，說是要帶客戶去轉戶，今天就不去銀行了。林東的業績有了進展，郭凱作為他的主管很是高興，當下問林東需不需要什麼幫助，如果需要，他可以陪同。

林東知道老錢這個客戶是怎麼做來的，不是人多人少的問題，郭凱去了也沒用，有他一個就足夠了。

九點不到，老錢的電話就打來了。老錢告訴林東，他現在已經到了元和證券的地下車庫，林東聽了之後馬上乘電梯到了停車場。

老錢坐在車裏，看到林東走進停車場，按了喇叭，頭伸出窗外，大聲叫道：「小林，我在這裏……」

林東循聲望去，看到了老錢探到車窗外的禿頭，對他一笑，朝老錢的車子走去，走近一看，這傢伙開的竟然是普桑，林東心裏多少有些失望。

這時，一輛標緻四〇七駛進了車庫，正好停在了老錢的普桑旁邊。林東看了一眼，知道是徐立仁的車。

果不其然，徐立仁從車內鑽了出來，看了一眼旁邊的破普桑，又看了一看林東，似乎明白了些什麼，朝著林東不屑地一笑。

林東也不搭理他，走上前去，拉開老錢的車門，坐在了副駕駛的座位上。老錢點火發動，普桑車身發出一陣猛烈的顫動，車身匡噹匡噹響。

車開到離廣泰證券不遠的地方，林東讓老錢靠邊停了車。

「錢先生，你開車先去，我在廣泰營業部的門口等你，我是從業人員，不能直接去對方券商的營業部的。記住我剛才給你說的轉戶流程了吧，待會如果有不記得的地方，打電話給我。」

林東下了車，老錢的破普桑冒著黑煙呼嘯而去。走了七八分鐘，林東來到了廣泰營業部的門口，門口有個保安，林東是認識的。

看到門口的保安，林東想起了兩個月前發生的事情，也是帶客戶來廣泰轉戶，那個客戶證券帳戶裏大概有五十萬左右，林東跟了兩個月，原先什麼都談好了的，可是到了這裏還是被廣泰挽留住了，轉戶最終以失敗告終。

那天，林東記得，就是廣泰門口的胖子保安，看到他轉戶失敗，朝他冷哼了一聲。

老錢進去已經快半個小時了，還不見他出來，林東心裏有些急躁，在蘇城的所有券商中，就屬到廣泰轉戶最難，不僅手續繁瑣，而且層層把關，會有好幾撥人輪番出面挽留，小到客戶經理，大到公司老總，客戶稍微意志不堅定，有一關過不去，那轉戶就算是失敗了。

林東頂著大太陽站在外面，門衛室內的胖子保安端著茶杯，一口一口抿著，頗有興致地看著太陽下的林東。

又過去半小時，老錢還是沒有出來。林東心裏有些急了，距離公司考核期沒幾天時間了，老錢這個客戶必須拿下，否則真的是前功盡棄，無路可退了。

林東掏出手機，打算給老錢撥個電話問問情況，就在這時，老錢出來了，陰沉著臉朝他走來。那門衛室的保安看了老錢一眼，又朝林東冷笑了一下。

林東看老錢的臉色，心往下一沉，只覺大事不妙。

老錢走到他的跟前，用手擦了擦臉上的汗，長吁了口氣。

「氣死我了。」

林東喉嚨一陣異動，覺得嗓子有些乾澀，問道：「錢先生，怎麼樣？」

老錢亮了亮手中的資料，歎了口氣，說道：「搞定了。」

不僅林東聽得清清楚楚，就連門衛室的胖保安也聽到了，那臉色頓時綠了。

林東上了老錢的車，老錢開始喋喋不休地說起在廣泰轉戶的驚險歷程。

「櫃檯的那小丫頭先是勸我不要把戶頭轉走，看我執意要轉，然後就讓我找這個找那個簽字，我爬上爬下找了一圈人，最後就差他們老總沒簽，跟我說老總不在，我當時就怒了，拍了桌子，告訴他們，今天我必須轉走，再不幫我辦理轉戶手續，我就立馬打電話到證監會投訴。嘿，這招還真管用。那小丫頭聽了，什麼也不說了，讓我填了幾分資料，很快就辦好了。」

林東翻了翻老錢給他的資料，驚喜地發現，原本需要兩三天時間的轉戶流程，竟然一天就辦好了，看來老錢這拍桌子一怒還真是管用啊。

「錢先生，您的戶頭已經轉好了，待會到我們公司填一些資料就行了。」

雖然老錢這個客戶是林東辛苦做來的，他並不虧欠老錢什麼，但是他的心裏對老錢仍是存有感激之情。老錢這一百五十萬的資產來得真如及時雨一般，雖然加上他先前的六十萬客戶資產，還是達不到三百萬的考核任務，但是林東的心裏已經樹起了信心。

從小父母就教育他要知恩圖報，林東在心底暗暗告誡自己，以後一定要好好服務老錢，讓他賺到更多的錢。

車子開到元和證券的營業部，林東帶著老錢辦好了手續，老錢就開車回了家。老錢走後，林東回到辦公室，打開電腦看了看石龍股份和大通地產的走勢，這兩支股票今天依然很強勁，已經是第三個漲停了。

證券市場有句話，利好出盡就是利空。

經過連續三天的漲停，石龍股份和大通地產的股價已經偏離了它的正常市值，周線已經爬到月線和年線上面很多，莊家利用新政炒作的這波勢頭是否會延續下去？

一旦莊家開始出貨，股價很可能要砸下來很多。

老錢現在把他當神對待，可林東自己知道，他並沒有那麼強的能力，一切不過歸功於那塊神奇的玉片和絕好的運氣罷了。

林東陷入了沉思，股票市值只是虛擬的數字，沒賣掉之前賺到的錢不一定能保得住，落袋方能為安，是不是到時候該讓老錢出貨了？

「好玉片，快給我點啟示吧……」林東集中精神，在心裏默默祈禱，就在他精神力高度集中的那一剎，懷裏的玉片悄然發生了變化，只是隔著衣服，林東並未發覺。

到了下午的時候，徐立仁在外面逛了半天也回來了。

「林東，今天早上在停車場看到的那個中年禿子是你的客戶嗎？」徐立仁問道。

林東點了點頭：「對啊，陪他過去轉戶的。」

「開一輛破普桑，能有十萬二十萬就不錯了。瞧那禿子的德行，不會是菜場賣菜的大叔吧？」

徐立仁一向嘴上不積德，一口一個「禿子」，叫得林東很生氣。林東瞟了他一眼：「那是我的客戶，資產再少也是我的客戶，徐立仁，請你嘴裏放尊重一些。」

徐立仁被他嗆了一句，頓時語塞，覺得有些奇怪，這幾天林東像是變了個人似的，脾氣越來越大了，以前的林東可不是這樣的，隨他怎麼損，也不會回他半句的。

徐立仁壓住火氣，轉念想了想，估計是林東知道在公司沒幾天待了，所以也沒什麼好顧忌的了。

「哼，林東，你這小子，我看你還能囂張幾天，等你過幾天被淘汰的時候，我倒要看看你是怎麼灰頭土臉離開公司的！」徐立仁想著想著，嘴角不禁泛起一絲陰笑。

這時，郭凱走了過來。

「林東，小子挺厲害啊，你今天轉戶過來的客戶叫錢四海吧？」

林東點點頭：「怎麼了郭經理？你也認識他？」

郭凱點點頭，苦笑道：「何止是認識，我們好多同事都跟過這傢伙，也包括我，老油條了，一談到關鍵問題，總是推脫，沒想到竟然被你拿下了，後生可畏啊，老紀，你說是不？」

紀建明笑道：「是啊，小林，錢四海這個客戶我也跟過，跟了差不多一年也沒能拿下這個老油條，後來就放棄了。能搞定錢四海的可不是凡人，小林，快說說你是怎麼搞定他的，是不是修煉了什麼秘密武器？」

林東心想，秘密武器倒是真有，但就是不能說，玉片的事情，沒弄清楚之前，還是不要聲張好。

「我哪有什麼秘密武器啊，還不就是公司培訓的那套方法，也不知怎麼的，他就答應我轉戶了。」

徐立仁插了一句，滿臉不屑：「你們說的那個錢四海是不是個禿頭啊？開個普桑，能有多少錢？」

紀建明搖了搖手指：「人不可貌相，錢四海可是個低調到骨子裏的人，據我所知，他在股票帳戶裏的錢不會低於七位數。」

「一百五十萬。」郭凱報出了準確的數字：「今天的報表我剛才看過了，小林新增了一百五十萬客戶資產。」

徐立仁聽得目瞪口呆，真是看走了眼，萬萬沒想到那禿子那麼有錢。

紀建明給林東鼓氣，說道：「小林，精誠所至，金石為開。錢四海那樣的老油條你都搞得定，你行的，我看好你！」

郭凱拍了拍林東的肩膀，說道：「是啊，小林，趁勢而為，再做幾十萬就轉正了，到時候我給你慶祝！」

徐立仁聽了這話，臉色更加難看了。

之後，公司行銷拓展部的助理周竹月群發了飛信，每個同事都收到了林東新增客戶資產一百五十萬的資訊。

高倩看到了資訊，很快給林東發了一條短信：

「林東，你真厲害，恭喜啦，發了工資，請我吃飯哦。」

林東回了一條信息給她：

「好的，一定一定……」

夜已深，屋外電閃雷鳴，暴雨傾盆。

林東打開門，一陣陣冷風吹進屋內，吹走了屋裏的悶熱。林東從小就喜歡下雨天，此時，他光著上身，正站在門口，仰頭看著傾瀉而下的暴雨。

他自小在農村長大，沒上大學之前，去過最遠的地方就是老家的縣城了。作為一個農民家庭出身的孩子，林東對雨水的感情是很複雜的。

他喜歡大雨，不知為何，總覺得雨下得越大，他的心裏就越寧靜。但他也有害怕下雨的時候，記憶中有太多次父母在暴雨中搶收的場景，那時他還是個孩子，只能站在屋簷下，眼睜睜看著父親奮力地推著堆滿糧食的板車往家裏一步一步艱難地行進，母親在前頭，拉著拴在板車上的繩子，瘦小的身體前傾成不可思議的角度，勒在肩頭的麻繩磨破了單衣，深深陷入了她瘦骨嶙峋的肩膀中……

好久沒收到家裏的來信了，在這雨夜，林東的心緒一下子飄向了遠方，飛到了遠在千里之外的老家。父母的年紀大了，身體一年不如一年，但為了生計，仍然日復一日地辛苦勞作。

林東心中一痛，都說養兒能防老，而他作為人子，卻不知道什麼時候才有能力贍養雙親。

「我一定要賺大錢，為了讓爸爸不再抽自己卷的土煙，為了不再讓針頭扎破母親本已粗糙的手，我林東一定要賺大錢！」

林東抿緊嘴唇，臉色剛毅，朝著天空揮舞著拳頭。當此之時，黑暗的夜空忽然一片雪亮，一道閃電筆直地朝下劈來。「轟」地一聲，大地震顫，電光刺眼，門前的那棵剛剛結果的梨樹轉眼間被劈成了焦炭。

林東趕緊放下拳頭，嚇得魂不附體，立馬關了門，上床睡覺。躺在了床上，心還在咚咚直跳，幸好剛才那道閃電劈偏了一點，如果正中他的小屋，那他現在應該和門前的梨樹一樣，化為焦炭了。

或是因為害怕，林東不知什麼時候握住了掛在胸口的玉片，剛才閃電劈落的那一剎那，因為電光太過耀眼，他下意識地閉住了眼睛，所以並未發覺有一道電光射入了玉片之中。

時間一分一秒地過去，林東漸漸從恐懼中走了出來，他忽然覺得掌心有個東西很是燙人，想要攤開手掌，但那東西好似黏在了他的手掌，不管他如何使勁，就是沒法攤開手掌。

林東急得滿頭大汗，只覺得掌心的那東西越來越燙，似乎就要融化了一般，一股強大的熱力正從他的掌心鑽入了他的體內。

「玉片？」

林東猛然醒悟，握在手裏的東西不是別的，正是他一直掛在脖子上的玉片，不過那玉片平時一直都是涼的，為什麼這一刻竟變得如此燙人？而此刻，也不容他多想，他把全部的精力都用在了與那股強大熱力的對抗上。

「該死的老頭，到底賣的什麼東西給我？」

林東痛苦異常，全身如被火烤一般，毛孔裏汗如雨下，身下的被褥早已被汗水浸得濕透。

又過了一會兒，林東氣若遊絲，身體裏的力氣像是被抽乾了一樣，躺在床上，瞳孔放得老大，一動不動地盯著屋頂，只有頭腦裏還殘存一絲意識。

「爹娘啊，兒子不孝啊，不知道還能不能見您二老一面了……」

「柳枝兒妹妹，還記得後山上的桃花林麼……」

這一刻，生命中最重要的一些人和事雜亂地在他腦海裏閃過，林東無力地躺在那裏，彷彿看見了父母，看見了柳枝兒，想要叫住他們，卻怎麼也發不出聲音。

轟！

一股絕強的熱力似乎硬生生擠進了他的身體裏，身體好像突然爆開了一般，林東腦海裏一片黑暗，就連那僅存的一絲意識都被磨滅了，整個人再也沒了知覺，昏死了過去。

叮叮……

刺耳的鬧鈴聲在他腦海裏響起，彷彿在腦海裏迴盪了千年。

林東睜開了眼睛：「我沒死嗎？」

林東掐了掐臉，還感覺得到疼痛，忽然想起了什麼，攤開手掌一看，那塊玉片靜靜地躺在他的手心上，依然是熟悉的冰涼之感，但他的掌心卻不知何時多了一個豆粒大小的紅色印記，這印記初看之下形如弦月，仔細那麼一瞧，又有點像一把圓月彎刀。

「肯定是那熱力燙的結疤，過幾天應該就掉了。」

林東看了看手機上的時間，嚇了一跳，已經快到七點三十了，也不知道鬧鐘是響了多少遍才把他叫醒。

趕緊下床穿好了衣服，洗了臉，刷了牙，推著自行車就往院子外面跑，院子裏那棵被閃電劈中的梨樹還在冒著青煙。

出了院門，林東跳上了車，兩腿生風，踩著自行車飛快地往前奔。此時正值上班高峰期，路上許多人騎著電動車趕著去上班，而林東的出現，顯然嚇壞了他們，因為他的車速太快了。

也不知怎麼騎，只覺得兩條腿有使不完的力氣，踩著自行車一路狂奔，比電動車跑得還要快很多。有個開摩托車的傢伙，看林東騎自行車跑得那麼快，不信邪，於是加足了馬力，與林東來了個公路狂飆。

林東只想快點到公司，一時竟然忘了要坐公車，等他想起來的時候已經過了站牌很遠，索性就更加賣力地踩著自行車，只希望這破車能夠快點、快點再快點，卻忽視了這老爺車的高齡。

砰！

騎著騎著，老爺車的後輪忽然掉了，林東連人帶車一起撞到了路邊的電線杆上，因為速度太快，把前輪撞彎了。

「真是工欲善其事，必先利其器啊！」

林東看著地上的老爺車殘骸，感歎一聲，老爺車算是壽終正寢了，看了看時間，將近八點了，看來今天要遲到了，一天的工資要被扣了。

林東走到公司的時候，已是九點了，他忽然想起一件事，早上醒來的時候，玉片上的房子圖案消失了，也不知是什麼徵兆，但他覺得，應該是通知錢四海出貨的時間了。

第三章

裸體模特兒

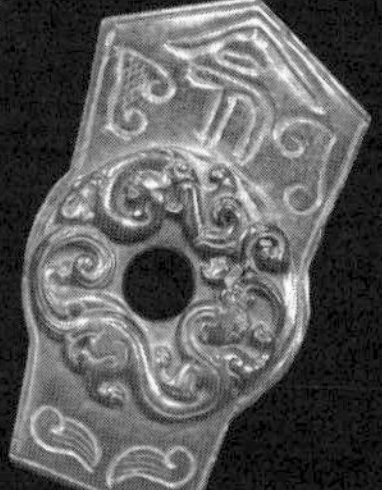

偌大的畫室，空空蕩蕩，只有一個看上去二十出頭的女孩，

畫室中間豎著一塊畫板，畫板後面一個圓木凳子。

替他開門的女孩，冷冷對林東道：「去把門關好，最好是反鎖了。」

孤男寡女共處一室，還要鎖門，這究竟是怎麼回事？

林東聽得一頭霧水，不知道這女生要幹什麼，但還是去關好了門，

不過留了個心眼，並未把門反鎖上，免得待會發生什麼事情說不清楚。

打開電腦，錢四海正好在線上，林東給他發了一條消息。

「錢先生，石龍股份和大通地產這兩支股票今天開盤就走掉，不要再拿了。」

錢四海其實已經在這兩支股票上賺了很多錢，但是人心總是貪婪的，如果不是林東讓他出貨，他還想多拿兩天。

「嗯，小林，我聽你的，不管開盤什麼價，我都走掉。」錢四海回了一條消息給他。

「落袋為安。」

「對，落袋為安。」

時間到了九點半，開盤之後，石龍股份與大通地產繼續雙雙漲停，保持著強勁的上攻走勢。錢四海坐在電腦前，猶豫了一下，已經是第四個漲停板了，他在想會不會有第五、第六個呢？

「算了，落袋為安，做人要知足啊……」

錢四海像是下了很大的決心，在元和證券的交易軟體上下了賣出委託，把手上持有的石龍股份和大通地產全部賣出，很快交易軟體就彈出了「交易成功」的提示。

十點不到，形勢急轉而下，石龍股份與大通地產的股價直線下跌，很快就跌到了跌停板。

此時，林東已經在銀行了，他並不知道這兩支股票現在的走勢。忽然，電話響了，一看號碼，是錢四海打來的。

「哎呀，跌停了！」電話一接通，就聽到錢四海頗為不平靜的聲音。

林東急問道：「你賣掉了沒？」

「賣掉了，小林，我聽了你的話，開盤就賣掉了，真是驚險啊，幸好我開盤漲停就走掉了，否則肯定是砸手裏賣不出去了。」

林東鬆了口氣：「那就好……那就好……」

「小林，你太神了！我前段時間剛好有三百萬的信託到期了，我把那三百萬剛才轉到證券帳戶裏了……小林，還有什麼好股票，你快推薦給我吧，錢不能閑著啊……」

林東一聽，懵了，這開著破普桑的傢伙到底有多少錢啊，怎麼輕輕鬆鬆又投了三百萬進股市。

「錢先生，我是人，不是神，股票呢，我以後會推給你的，說實話，一共兩三千家上市公司，那麼多的股票，我得精挑細選不是？我推出去的股票，我得負責。你別急，我選好了自然會通知你的。」

加上錢四海剛進的三百萬，林東的客戶總資產已經超過了五百萬，超額完成了公司的轉正考核任務，但他並沒有感到有多開心，心裏反而籠罩了一層愁雲，錢四海剛才的話已經讓他感到了壓力。

「我又不是神，怎麼可能知道每天哪支股票會漲停？」

話雖如此，但他知道，要想讓錢四海這樣的人成為他忠實的客戶，對他言聽計從，那麼就必須時不時讓他賺到一筆錢，而且不是一筆小錢。

下午回了公司，郭凱把他叫到了辦公室，一見面就拍了拍林東的肩膀。

「你小子，行啊，啥也不說了，準備一下，今晚在萬豪給你慶祝。」

林東一聽，吸了口涼氣：「不用去那麼奢侈的地方吧？郭經理，不能讓你那麼破費。」

郭凱笑了笑，搖了搖手指：「放心，不是我掏錢，我可請不起你去萬豪揮霍，組織這次慶祝的是咱們的溫總，她親自定的萬豪，你要是有什麼意見，可以去找她談談。」

萬豪大酒店。

蘇城老百姓有句經常掛在嘴邊的話，叫「南萬豪北富宮」，萬豪大酒店在蘇城餐飲酒店業的地位可見一斑。

溫欣瑤把這次的慶祝活動定在了這裏，規格確實是有些高了。

不到七點，林東等人就到了萬豪。除了郭凱，今晚來的都是和林東同一批進公司的同事，高倩和徐立仁在列，還有一個叫崔廣才的男同事。崔廣才也是蘇城本地人，平時為人低調，和林東等三人關係都很不錯。

至於萬豪大酒店，林東應該是最熟悉的了，這裏他不知道已經來了多少次，不過是來端盤子的。

上了大學，林東為了減輕家裏負擔，經常利用週末或假日做一些兼職。萬豪生意火爆，假日的時候經常人手不夠用，所以就會找一些兼職的臨時工，酒店按時計薪，每小時十塊錢。林東來過這裏很多次，和酒店的工作人員也算是熟悉。

雖然今晚只有六個人，溫欣瑤卻定了個包廳，中餐廳的桂廳。

推開兩扇紅木門，一股清新淡雅的氣息撲面而來，幽幽的桂花香氣沁入鼻中。那香氣清幽淡雅，令人身心愉悅，眾人頓時覺得輕鬆舒爽了許多。

桂廳的裝修用料雖不奢華，但卻極為考究。除了包廳頂部的吊燈，廳內幾乎沒有什麼歐式的東西，一眼掃過，陳設皆是造型簡練紋理優美的明式傢俱，透著一股古色古香的味道。

身著旗袍的美麗女侍應領著林東等人在側廳坐了下來，為眾人沏好了茶後就站在了一邊。

郭凱端起茶盞，細細品了一口，贊道：「嗯，這上等的鐵觀音就是不同，比我辦公室的要好很多。」

林東卻沒那個興致品茶，端起茶盞一飲而盡，除了淡淡的苦澀，他什麼也沒品出來，恨不得當場讓侍應生給他換個大大碗公盛茶。

高倩也品了一口，嘴角一笑，這茶根本不是鐵觀音，而是普洱，不過她為了不讓郭凱難堪，也未當眾說出來。

所謂三句話不離本行，他們都在證券公司工作，聊著聊著，難免不往股市上扯。

「我有預感，今年下半年可能有一波行情，這波行情很可能就是新一輪牛市的開端。」郭凱在當中屬於資歷最老的員工，在股市摸爬滾打五六年，說出來的話不會是空穴來風。

縱觀中國股市的這二十幾年，基本上是遵循熊五牛三的這樣一條規律。而這一輪的熊市已經走了四年多了，按照熊五牛三的規律，熊尾也就是牛頭，所以郭凱猜測今年下半年可能會是牛市的開端也不無道理。

林東也知道有熊五牛三這條規律，但看看目前國內外的經濟環境，真的沒發現構築牛市的底氣。

歐洲債務危機的烏雲籠罩全球，美國經濟滯漲，增長緩慢，失業率拔高，民眾怨聲載道，島國日本經濟也不景氣，自從八十年代陷入泥潭之後，遲遲無法復甦，就連中國，在高速增長了二十幾年後終於出現了疲軟的狀況，目前來看，各項經濟指標均呈現出下滑的趨勢。

一直默不作聲的崔廣才開口說道：「目前美、日、中、歐這世界四大經濟體增速放緩，而且各有各的問題，真不知道這一輪牛市會不會如約而至。不過這也難說，股市的復甦與衰退總是走在實體經濟的前面。」

郭凱與崔廣才的話都很有道理，股神巴菲特有句名言，叫「別人貪婪時我恐懼，別人恐懼時我貪婪」，資本市場就是這樣，永遠都是少數人在賺錢，所以要想在股市賺錢，不需要有過人的學歷，也不需要有過人的分析能力，只需要有一顆輸得起贏得下的大心臟。

餓死膽小的，撐死膽大的。

「愈是危機重重，愈是機會多多。」

林東說了一句總結性的話，話音未落，就見溫欣瑤步伐輕盈，婀婀婷婷地走了進來。

「溫總……」

眾人見她進來，紛紛起身和她打招呼。

溫欣瑤下了班後，回家換了一套休閒的衣服，白色的T恤和淺藍色的牛仔褲，配著腳下藍白配色的板鞋，頭髮隨意地紮在腦後，梳了個馬尾辮子，乍一看去，真就是二十來歲的大女孩模樣。

話說女人有千面，但溫欣瑤無論哪一面都美得動人心魄。

林東無法否認，每次見到這個女人，他都有一種本能而自然的反應，這常常讓他的良心感到自責。

「哎，真不知道哪個男人有天大的豔福，能娶到溫總這樣的女人做老婆，豈不是要夜夜……」林東又忍不住胡思亂想，腦子裏儘是一些齷齪骯髒的想法，良心大受譴責，恨不得給自己一個耳光。

高倩走上前去，挽住溫欣瑤的胳膊，小鳥依人地看著她，嬌聲道：「溫總，您這身打扮可真讓您年輕了二十歲，我都嫉妒死了……」

溫欣瑤玉指在高倩的臉上捏了一下，眉目含笑，與在公司那個滿面寒冰的副總判若兩人。

「你這丫頭，真會說話。哎，歲月無情啊，我已經老了，天下遲早是你們的。」溫欣瑤感歎一聲，招呼大家落座。

女侍應走到溫欣瑤身邊，躬身笑問道：「溫總，您好，請問可以傳菜了嗎？」

溫欣瑤點了點頭，說道：「上菜吧，都快八點了，大家早餓了吧。」

溫欣瑤坐在主位，郭凱與高倩分別坐在她的兩邊，林東恰好坐在溫欣瑤的對面。

上菜的速度很快，如流水一般，不一會兒，空蕩蕩的餐桌上就擺滿了各式佳餚。林東清楚萬豪大酒店的規格，中餐廳包廳最低消費要三千，這一桌子菜應該是四千的規格。在萬豪這種地方，算得上中等規格，但用來招待他們，已經算是高規格了。

菜上齊了之後，中餐廳的主管湯姆走了進來。溫欣瑤是這裏的常客，這種老客戶與外面的散客不同，自然需要好好維護關係。

「溫總，有什麼吩咐您說，您這桌我親自服侍。」湯姆是個胖子，肚子挺得老大，中等個頭，剃了個板寸的髮型，戴個金絲邊眼鏡，一笑起來臉上的肉都皺到了一起。

他進門就看到了林東，覺得有些眼熟，但一想他認識的那人不過是個窮小子，在外面端盤子倒是可能，怎麼會坐在這裏吃飯？

溫欣瑤揮揮手：「湯經理，你出去忙吧，有事我會麻煩你的。」湯姆也就是說的客氣話，以他的身分，除非是市裏的領導，否則他不會親自招待的。他臨走之前，又朝林東看了一眼，越看越覺得和他認識的那個窮學生很像。

林東朝湯姆笑了笑：「湯總，不認識我了？我是以前常來這裏打工的林東啊。」

林東自報了家門，湯姆一摸腦袋，笑道：「哦……我說怎麼覺得面熟，原來是小林啊。嘿，你小子混得不錯嘛。」

林東離開座位，和湯姆走到門外，簡單聊了幾句。這個湯姆以前對他不錯，在他兼職的時候經常會讓後廚做一些好吃的給他。除了敘舊，林東也有個問題要向他請教。

以林東對萬豪大酒店的瞭解，桂廳這樣的地方，不是有錢就可以訂得到的。溫欣瑤也就是元和證券的副總，竟然能在那麼好的時段訂到桂廳，這讓林東覺得這個女人的背景並非看上去那麼簡單。

「小子，溫欣瑤請你吃飯，你小子面子夠大的啊！想請溫欣瑤吃飯的達官貴人多了去了，她竟然請你吃飯！」

林東訕訕一笑：「湯總，我現在在元和證券上班，溫總是我的領導，今晚也不是她單獨請我，而是請我們這幾個同事一起慶祝一下。」

從湯姆的話中，林東已經得到了答案。像溫欣瑤這樣的女人，追在她身後的男人非富即貴，通過這些關係，訂個桂廳也不是難事。

和湯姆東拉西扯地聊了一通之後，林東進了桂廳，回到了座位上。

林東回到桌上，發現徐立仁幾個人正一個勁兒地和高倩東拉西扯，他心裏清楚，這幾個人是柿子揀軟的捏，既然不敢去招惹溫欣瑤，那就只有在高倩身上找點樂趣了。

徐立仁喝了點紅酒，他酒量不差，卻裝出微醉的樣子。

「高倩，我喝得頭暈乎乎的，待會兒是不能開車了，能不能麻煩你送我回家？反正咱倆正好順路，又不耽誤你太多時間。」

打進公司第一次見到高倩，徐立仁的心裏就動了心思，不僅因為高倩的美麗可愛，更多的是因為看上了高倩的家世。他雖然尚不清楚高倩家裏究竟是做什麼的，但他感覺到高倩的家裏應該不簡單，剛畢業就買了奧迪Ａ４的頂配版，這樣的家庭至少也有上千萬的家財。

徐立仁雖然家境不錯，但在蘇城這種富庶之地，只能算是小康之家。為了能夠飛黃騰達，少奮鬥幾十年，徐立仁無時無刻不在想著能找個有錢的老婆，哪怕讓他入贅也無所謂。

高倩既有錢又漂亮，各方面的條件都符合徐立仁擇偶的標準，所以他無時無刻不在創造與高倩接近的機會。

高倩冷冷瞧了一眼徐立仁：「不好意思，酒店有代駕的服務，徐立仁，你要是真出不起那錢，我可以給你先墊上。」

徐立仁被她白了一眼，一時無語。

時間已將近十點，溫欣瑤舉起酒杯，說道：「咱們這一批的新同事都很優秀，不到半年的時間，全部超額完成了公司的考核任務，我在此恭喜各位由一個新人成為公司正式的員工，希望各位以後的工作越來越出色。來，大家舉杯共飲。」

六人一起舉杯，溫欣瑤只是淺淺嘗了一口，其他人也只是喝了一口，只有林東比較實在，一口氣喝了大半杯。徐立仁看在眼裏，只覺林東這個土老帽沒喝過好東西，而在溫欣瑤的眼裏，看法卻大不相同。

俗話說酒品如人品，餐桌上的文化絕對可以算得上是中國文化的精華所在。林東這樣看似傻乎乎的牛飲，卻透露出真誠，最容易給人留下好的印象，放在生意場上，也最容易談成生意。

「我提議咱們五個一起敬溫總一杯。」郭凱斟滿了一杯，站起身來，林東四人也紛紛端著酒杯站了起來。

溫欣瑤笑了笑：「敬我也需要個理由啊，你們一人說一個，讓我聽著滿意的，我就喝一杯。」

郭凱首先說道：「溫總，你是領導，下屬敬領導，再應該不過了。」

溫欣瑤聽了，搖了搖頭：「在公司我是領導，出了公司，大家就是朋友，不分上下級。」

崔廣才想了想，說道：「感謝溫總百忙之中能抽出時間和我們吃飯，就因為這個，也應當敬您。」

溫欣瑤又是搖了搖頭，「和你們年輕人在一起吃飯，很開心很放鬆，這讓我覺得彷彿又回到了年輕的時候，這樣看來，我該感謝你們才是。」

徐立仁為了表現自己，挖空心思想出了個理由，不等林東開口，已等不及先說了出來：「祝溫總青春永保、美麗永駐，這就是我們幾個對溫總表達的最真摯的祝願。」

溫欣瑤聽了之後，臉上笑容一頓，面色一冷。徐立仁以為想出了很好的說辭，沒想到反而惹得溫欣瑤不悅，不禁在心裏罵了一句「悶騷」，卻不知無意中犯了溫欣瑤的大忌。溫欣瑤最討厭的就是這種假大空的祝福，就好像給人祝壽說「壽比南山」之類的話，殊不知這世上活過一百歲的人已經是極少數的，「壽比南山」就是一句屁話。

輪到高倩開口了，這丫頭想了一想，說道：「我和林東幾個平時都在外面跑業務，大家都很忙，聚少離多，溫總牽頭組織了這個慶祝活動，讓大家有機會坐在一起交流瞭解，我覺得從這點來說，理當敬您一杯。」

溫欣瑤聽了高倩的理由，微微頷首，此刻，只剩下林東一人還未開口，眾人的目光停留在他的臉上，似乎在期待著什麼，就連溫欣瑤也似笑非笑地看著他，這讓他倍感壓力。

林東略一琢磨，前面幾個已經把能說的都說完了，他真的沒什麼好理由，當下端起酒杯。

「人生得意須盡歡，莫使金樽空對月。今夜朋友相聚，大家開心，感謝東道主是應當的。」他一仰脖子，咕嚕咕嚕灌了一大杯下肚。

徐立仁看在眼裏，心裏對林東更加鄙視，紅酒是用來品的，怎麼能這樣牛飲？真不愧是山溝裏出來的！

溫欣瑤面帶微笑，端起酒杯站起身來：「林東說得好，人生得意須盡歡啊，我很欣賞他這樣的男孩子，豪情萬丈，敢飲千杯而不醉。來，大家舉杯！」溫欣瑤酒量甚豪，一飲而盡，這一杯紅酒對她而言跟白開水沒什麼區別。

可憐的是林東，硬著頭皮又乾了一杯，紅酒後勁奇大，散場的時候，他已經兩眼通紅，走路發飄了。林東的酒量並不差，七八兩白酒下肚也就是微醉，不過這是他第一次喝紅酒，不瞭解紅酒的特性，所以才那麼容易就醉了。

徐立仁跟沒喝一樣，既然高倩不肯送他，他也捨不得掏錢請人代駕，和眾人打了聲招呼，就開著他的標緻回家去了。崔廣才家就在附近，步行十幾分鐘就到家，溫欣瑤和郭凱也先後開車離開了萬豪。

林東去洗手間洗了把臉，頓時覺得清醒了許多，出來之後，看到高倩還站在門口。

「高倩，你怎麼還不回家？」

高倩拎著小包，笑看著他：「林東，十點多了，你怎麼回去？」

林東聽了這話，心裏打鼓，不明白高倩這話是什麼意思。

「我坐公車回去，你趕緊回家吧，別讓你爸媽擔心。」

「這都什麼時候了，早沒公車了，別廢話了，上車，我送你回家。」

高倩一把拉住林東的手，牽著他進了電梯，到了地下車庫，硬是把林東塞進了白色的奧迪車裏。

本來林東的醉意已經去了一大半，被高倩這樣一弄，又覺得暈乎乎的了，坐在副駕駛的座位上，頭腦裏還不停地重播剛才高倩抓住他的手的情景，只覺彷彿是在夢裏一樣，這感覺虛幻縹緲，很不真實，卻的的確確發生了……

蘇城的女孩有南方女孩特有的羞澀與矜持，林東在高倩的身上卻是一點也沒有感受到，反而在她身上發現了一種與眾不同的豪爽大方的氣質。

高倩發動了奧迪，踩著油門衝出了地下車庫。

「林東，告訴我住的地點。」

「大豐新村，你把我送到大豐新村的廣場就行了。」

高倩一皺眉頭，從未聽說過「大豐新村」這個地名，好在車上裝有導航系統，確定了路線之後，開著車飛速往大豐新村駛去。

蘇城的夜晚十分熱鬧，雖然已經過了十點，但是路上仍是車水馬龍，堪比早上八點的上班高峰期。

高倩開著奧迪，車速很快，在車群中左衝右衝，林東本來酒意上湧，打算瞇一會兒，此時已經睡意全無，被她的兇猛架勢嚇得完全清醒了。

「姑奶奶，那麼多車，你慢點開。」林東忍不住出言提醒。

高倩目光直視前方，笑道：「如果車上不是有你，我的車速至少比現在再快二十公里。」

高倩八歲就會開車，當時坐在駕駛座上，從外面看連她的頭都看不到，第一次開車上路的時候，許多人還以為那輛車是無人駕駛，後來交警出動了十幾輛摩托車才把她攔了下來。

林東繃緊了神經，死死抓住車窗上的把手，早知道寧願花一百塊錢搭車回去，也不願和高倩來一回公路驚魂。

「喂，姑奶奶，你今晚喝了多少？我沒見你喝幾杯啊……」

高倩笑而不答，忽然轉動方向盤，將車往左邊猛地一拉，猛踩油門，奧迪車發出一陣咆哮，將後面的一輛皇冠甩遠。

半個小時後，一輛白色的奧迪車出現在了大豐新村的廣場上面。

林東拉開車門，驚魂未定，深深吸了口氣，突然覺得腳踏實地的感覺真好。

高倩停好了車，也下了車，看了一眼四周，驚問道：「林東，你就住這種地方啊？」

林東點點頭，指著廣場上各式小攤和擁擠的人群，說道：「是啊，你看這地方多有人氣，挺好。」

高倩滿眼都是低矮的平房，甚至還有臨時搭建的窩棚，不禁一陣心疼。

「林東，我家在紅樹灣有套房子正好空著，要不租給你吧，按你現在的房租算。」高倩自己也覺得奇怪，不知道看上了林東什麼，總覺得這男人身上有一種陌生的東西很吸引她，尤其是最近，她發現這個男人的吸引力越來越強，活了二十幾年，她還是第一次對男人動心。

林東對高倩並不討厭，甚至還有一點微妙的感覺。高倩的開朗活潑總能給他積極的影響，但是讓他接受一個女人的饋贈，這種吃軟飯的事情他絕不會同意。這與從小父母對他的教育有關，與他的性格也有關。

他想要的，必須是通過自己的努力所得。

「好了，很晚了，回家吧。」

林東把高倩推到車裏，也不提租房子的事情，看著她開車離開才回了自己的小屋。

下午四點，林東收到了周竹月群發的短信，公司將在四點半召開大會，請所有在外面跑業務的員工務必回公司參加。

時間已經過了四點，林東趕緊收拾了東西回公司，這幾天因為心裏有事，在銀行沒怎麼行銷。

他靠著玉片的啟示，推薦的兩支股票讓老錢狠狠賺了一筆，但福禍相依，老錢嘗到了甜頭，胃口也越來越大，不停地跟他要股票。

「玉片啊玉片，你可把我害慘了……」

林東悶頭前行，腦袋裏似乎懸著一塊玉片，一塊令他捉摸不透的玉片。得到玉片已經有一段日子了，玉片偶爾也會凝現出一些圖案，但他一直慎重，未敢再次依照那圖案來推薦股票。

會議室內。

林東打眼一看，公司大小頭目都在，就連久未現身的老闆魏國民也出現了，看來應該是有重要的事情宣佈。

會議先是由公司的另一位副總姚萬成發言，這傢伙肥頭大耳，坐在椅子上，高高隆起的肚皮頂住了會議桌，隨著他的呼吸，會議桌也輕輕搖晃。

「二十一世紀最重要的是什麼？」姚萬成丟出一個問題，眼觀四座，似在等待眾人的附和，眼巴巴看了一圈，竟然沒一個人應聲，頓覺臉面無光，哈哈笑了兩聲搪塞了過去，繼續開口說道，「人才，二十一世紀最重要的就是人才啊，你們知道嗎？未來的競爭就是人才的競爭……」

姚萬成口若懸河，東拉西扯講了一通，看似什麼都講了，實則啥也沒說，聽得下面的員工昏昏欲睡。

這時，魏國民開口了：「剛才姚總反覆強調了人才的重要性，公司也在著力培養和挖掘人才，只要你是人才，就不要怕沒有機會嶄露頭角；只要你是人才，就不要怕被埋沒。在元和證券，人才永遠都是最受歡迎的，所以，公司為了發掘人才，故決定開展一項『薦股大賽』，關於比賽的細節，接下來會由周竹月跟大家詳細說明。」

魏國民講完了話就離開了座位，回辦公室去了。

周竹月借用多媒體設備把薦股大賽的詳細規則投到了白幕上，規則很簡單，所有員工隨機分為八組，參賽的同事在比賽第一周的週一選取不超過三支股票上報給周竹月，週五收盤之後計算一周的收益情況，每小組的第一名晉級，產生八強。

比賽第二周，再將八強分為四組，兩人一組廝殺，週一開盤之前各自推薦股票，收益多者晉級四強。

比賽第三周，將四強分為兩組，依然是兩人一組，週一開盤之前彙報所推薦的股票，收益多者晉級決賽。

比賽第四周，雙強上演巔峰對決。

投影的下方是比賽的獎勵，進入八強者，每人獎勵一千元，進入四強者，獎勵三千元，進入決賽者，獎勵六千，奪得黑馬王的冠軍，獲得一萬元獎勵。

元和證券舉辦過多次薦股大賽，林東入職剛滿半年，還是第一次參加薦股大賽，獎金雖然不多，但在他眼裏卻是一筆不小的數目。

林東抿著嘴，心裏想著比賽的事情，忽然腦中靈光一現，正好可以利用這個機會來進一步探究玉片的奇異功能，如果玉片真的那麼神奇，能指引他奪得薦股大賽的冠軍，那麼以後他就可以放心大膽地向客戶推薦股票了。

按住心中的喜悅，林東看了一眼四周，公司裏那些做股票有一套的同事眼睛裏都閃著亮光，雖說獎金並不是很多，但是黑馬王的榮譽卻不是人人都有的，只要表現出色，說不定就可以得到老闆的親睞，提拔為投資顧問也不是不可能的。

「高手如雲，競爭很激烈啊……」

林東在心裏暗暗排出了一下幾個強勁的競爭對手，若論實戰經驗，個個都高出他很多倍，不過他並不擔心，獎金對他而言不是重要的，重要的是檢驗玉片的可靠度和鍛鍊他與玉片的契合能力。

會議結束之後，已經是下午五點半了，同事們陸續開始下班。林東還沒走，坐在電腦前流覽網頁，明後兩天是週末，不用上班，他不想把時間浪費了，於是便在原來大學的論壇上逛了逛，看看有沒有兼職的資訊。

流覽了一會兒，發現大多數兼職都已經招滿了人，林東也只好關了電腦，收拾東西下班，走在路上，腦袋裏盤算著必須去哪裏找點事情做做賺點外快，否則這個月還沒撐到發工資的日子就囊中空空了。

「錢啊，我什麼時候才能不為你犯愁……」

林東躺在床上，胸口的玉片源源不斷地散發著涼氣，一絲絲透過皮膚，鑽入他的體內，帶給他清涼舒爽的感覺。

他捏住玉片，放到眼前晃了晃，玉片內不知名的液體被他一晃，蕩漾了起來，凝目細看，百思不得其解，不知道這液體是如何在沒有外力的作用下形成各種圖案的。

林東大學裏所學的專業是物理學，大三時曾代表蘇吳大學參加全國大學生物理大賽，並獲得了一等獎，自信即便是一些奇特的物理現象也有能力解釋，不過面對這塊玉片，他覺得自己的知識儲備實在是少得可憐。

「或許哪天我可以回校向老師請教一下，或者是借用一下實驗室的儀器對這塊玉片做一個詳細的分析。」

林東眼也不眨，盯著玉片入了神，腦海中一片清明，忽覺有一絲清輝射入腦中，這一刻，林東忽然覺得他與玉片之間建立了某種聯繫……

恍惚間，玉片之中的液體忽然在林東眼前晃動起來，那晃動越來越大，儼然如汪洋怒濤一般，從玉片裏沖了出來，將他淹沒其中。

林東置身於浪潮之中，眼前是一片迷霧，盲目往前走了一會兒，忽然眼前一亮，萬道炫目的金光朝他射來，刺得他險些睜不開眼睛。

遠方，一座黃金鑄造的聖殿矗立在雲端之上，八根粗大的金柱屹立在金色聖殿的四面八方，撐起了穹頂。忽然，金色聖殿的上方雲霧翻湧，彙聚八方氣運，雲霧之中，隱隱透出金色亮光，少頃，祥雲湧現，金光四散，托著一塊巨大匾額從雲霧之中浮現出來……

林東極目望去，但見匾額上面刻著「財神金殿」四個金色大字，那四字表面金光流動，猶如活物一般，從紅匾之中跳了下來，射入了他的瞳孔之中。

林東忽然心底生出一股沖天豪氣，怒吼一聲，響徹天地，震得四周雲飛霧散。

這一刻，林東冷眼四顧，忽然有一種睥睨天下眾生的感覺……

嗡……

正當林東沉浸在幻境之中的時候，床邊的手機忽然振了。林東恍然驚醒，眼前的幻境忽然間消散不見了，打眼看了周圍，依舊是糊著廢報紙的四壁，不過剛才的金色聖殿卻深深地刻在了他的腦海之中，揮之不去。

林東定了定神，拿起手機，看了一眼號碼，臉上不禁浮現出一絲笑容。

「喂，大風哥，是不是有好差事照顧小弟啊？」

林東嘴裏的這個大風哥，名叫雷風，大概二十七八歲，人如其名，做事雷厲風行，為人十分豪爽，喜歡交朋友，幾乎壟斷了蘇城所有專科和本科院校的兼職資源，與林東的關係很不錯，很欣賞林東吃苦耐勞的品質，時不時會介紹一些好的兼職給林東。

「東子，聽好了，時薪三百塊，做兩個鐘頭，這活你接不接？」雷風的嗓門極大，雖然隔著電話，那聲音仍然很震耳。

林東正愁沒有兼職可做，雷風帶來的消息就像及時雨一般，有了這六百塊，就不用擔心接下來半個月的伙食費了。

「太好了，大風哥，這活我接了。」林東毫不猶豫地應了下來。

雷風在電話那頭嘿嘿笑了幾聲：「東子，這活可是個美差，說實話，我自己都想去做。不過哥們這體形比不了你的精壯，人家看不上啊，所以只有忍痛割愛了……」

林東聽了他的話，心中不禁嘀咕起來，忍不住問道：「好哥哥，你不會是讓我去做鴨吧……你知道我的，那活給再多錢也不接。」

雷風哼了一聲：「哼，哥們又不是拉皮條的，怎麼會給你介紹那活？你小子放寬心，我會坑你麼？換了別人，這等美差哪輪得到？」

二人通完電話，林東就收到了雷風發來的資訊，告訴他兼職的時間和地點。

「明天下午兩點半，飛鴻美術學院三號樓四〇三畫室。」

林東看了一眼手機上的資訊，默默在心裏記下了地址，飛鴻美術學院他是瞭解的，是蘇城有名的貴族學校，據說一年學費就要十來萬，不過倒是出了不少人才，也算是物有所值。

「一直聽說這學校盛產美女，明天我倒是要見識見識……」

林東查好了路線，搭了兩班公車終於到了飛鴻美術學院，一看手機，時間已經是兩點一刻了。

林東飛速進了校園，果然入眼無俗色，校園裏走著的女生個個姿容秀麗，姿色不凡。

「別說在這學校讀書，就算只是當個門衛，那也是享用不盡的豔福啊！」

林東咽了咽口水，低頭前行，一路上兩眼亂瞟，穿梭在各色美女之中，看得他是眼花繚亂，目不暇接，只恨爸媽少生了兩隻眼睛。

抬頭一看，不知不覺已經走到了三號樓前，爬樓梯直上四樓，找到了四〇三畫室，門卻輕掩著。

「咚咚……」

林東抬手敲了敲門，只聽室內腳步聲傳來，幾個呼吸的工夫，門便被拉開了，那人也不問是誰，冷冷丟下一句話：「進來吧。」

空氣中傳來一陣香風，那人轉身往室內走去，雖然只能看到後背，但林東已經可以斷定，這個女生絕不會是清華校園裏常見的「背多分」。

進了室內，偌大的一間畫室，空空蕩蕩，只有一個看上去二十出頭的女孩，畫室的中間豎著一塊畫板，畫板後面一個圓木凳子。

替他開門的女孩坐了下來，冷冷對林東道：「去把門關好，最好是反鎖了。」

孤男寡女共處一室，還要鎖門，這究竟是怎麼回事？

林東雖然聽得一頭霧水，不知道這女生要幹什麼，但還是去關好了門，不過留了個心眼，並未把門反鎖上，免得待會發生什麼事情說不清楚。

那女生伸手指了指前面的沙發，說道：「你就躺在那上面就行了。」

林東聞言一喜，敢情那麼簡單，只要在沙發上躺上兩個小時就有六百塊錢拿，心裏對雷風的感激之情又多了幾分。依這女生所言，躺在了沙發上。

那女生秀麗的眉頭忽然一皺，也不知哪來的火氣，嗔怒道：「脫了衣服躺下，你不會是第一次做裸模吧？」

裸模？

林東只覺頭腦一震，差點被這兩個字震暈過去，他雖然沒做過裸模，但是卻很清楚這兩個字的含義，要他在一個女孩面前脫光衣服，這叫他情何以堪啊……

那女生見林東遲遲不肯脫衣服，有些急了，催促道：「喂，想什麼呢你，抓緊時間，我晚上還有事情。」

「我、我……」林東支支吾吾，不知道說什麼好。

「好了，男人的裸體我見多了，看你是第一次做裸模，這樣吧，我給你四百塊一小時。快點脫衣服，別耽誤時間。」

林東從沙發上站起，一邊朝門外走，一邊掏出了手機，給雷風打了個電話。

「喂，大風哥，你可把我害慘了……」

電話那頭，雷風嘿嘿笑了幾聲：「兄弟，人家有要求的，身高要超過一米八，而且還要身材勻稱，最好是有肌肉線條的，我認識的也只有你合適，看在錢的份上，你就做一回裸模吧。」

林東猶疑不決，眼前的確是很需要這筆外快，而且他也知道雷風的難處，如果他這次推脫不做，可能以後雷風在飛鴻美術學院這條財路就斷了。

「大風哥，我做了。」林東一咬牙，下定了決心，不過是脫衣服嘛，有什麼大不了的。

「兄弟，哥兒們謝謝了，你可算是我大忙了。好好做，那可是個有錢的公主，做好了說不定還有打賞。」雷風提醒了林東一句，掛斷了電話。

林東走進畫室，關好了門，這次他老老實實地把門從裏面反鎖了，那女生說得對，最好還是反鎖了，不然待會哪個不長眼的衝進來，光身子丟臉的可是他。

「考慮好了？那就脫吧。」那女生低頭弄著畫筆，也不看人，只是冷冷說了這句話。

因為天氣炎熱，林東今天穿得很隨意，白色的T恤和黑色的中褲，他很快解除了上衣和褲子，只留內褲。

那女孩弄好了畫筆，抬頭看了看林東，心裏倒是產生了不小的驚喜，她也沒想到外表看上去那麼瘦的林東，身上的肌肉竟然那麼凹凸有致、線條分明，這堪比男模的身材，絕對是她喜歡畫的類型。

「咦，你怎麼還穿著內褲？趕緊脫了。」

林東心中哀歎一聲，解除了最後的遮羞布，生平第一次把自己毫無保留地呈現在一個女人面前，沒想到竟會是這種場合。

那女生看到了林東的全部，忽然間臉上飛出一抹紅霞，她筆下臨摹過那麼多男體，還是第一次見到那麼雄偉的東西，不禁心生嬌羞。

「你站著幹什麼，躺下啊。」

女生出言提醒，林東趕緊往沙發上一躺，全身僵硬，動也不動。

「往我這邊看，對、對，給我點眼神……」

那女生揮動手臂，畫筆摩擦，發出沙沙的聲音，彷彿一下子變得百毒不侵，所有的雜念都被她拋棄在腦後，整個人完全專注於繪畫之中。

林東躺在沙發上，漸漸地進入了狀態，不再覺得丟人，彷彿是在陪她做一件神聖而偉大的事情。此刻，他才真正有時間好好看一看這個離他兩三米遠的女生，如瀑的秀髮水潤光澤，披散在纖美的雙肩上，膚色白皙，精緻的五官在她的瓜子臉上勾勒出一副絕美的容顏，眼如點漆，眉目如畫，小巧的嘴唇微微開啟，露出晶瑩如玉的貝齒……

林東看得呆了，沒想到世上真的有神仙一樣的女子，一時間癡癡入迷，雙目之中不禁生出一股柔情蜜意來，卻不知他的癡迷一點一絲也未漏過，全部被那女生手中的畫筆捕捉，幾筆勾勒，便躍然紙上……

又過一會兒，林東看得癡了，不知不覺中竟然入了夢境，夢中正與這女子在林蔭下幽會，二人擁在一起，他的魔掌肆無忌憚地在女孩的身上遊走……

「咳咳……」

也不知過了多久，林東正沉浸在美夢當中，忽然聽到一聲咳嗽，將他從夢中驚醒。林東睜開眼睛，那女生已經停了筆，想必是已經畫好了，不過那女孩的臉色似乎比開始更紅了。

「畫好了麼？」林東問了一聲，從沙發上坐了起來，卻發現胯下那不聽話的東西不知什麼時候跳得老高，朝著女孩昂首怒目，好不威風。

他趕緊穿上衣服，臉憋得通紅，真是丟人丟到家了。

林東穿好了衣服，想對她說些什麼，可話到嘴邊，卻發現說什麼都不好，只好強忍著，硬生生把話吞回去。

「這是你的酬勞……」女孩伸手遞過來六張紅票子，低著頭，羞答答的，不敢看林東，與林東一進來時候冷漠的模樣截然不同。

林東收下錢，也不知道說什麼好，無奈之下說了聲「謝謝」，出了畫室，頭也不回，再也沒有來時的尋美之心，一溜煙往回趕去。

晚上八點，西湖餐廳。

高倩和一個女孩坐在靠窗的位置，兩人邊吃邊聊，不時發出清脆的笑聲。

「小夏，你說什麼，那個人竟然勃……起了？」

高倩對面叫作「小夏」的女孩，正是下午給林東畫畫的郁小夏，與高倩是從小一起長大的姐妹，兩家算是世交。此刻，郁小夏的臉色跟醉了酒似的，酡紅一片。

「倩姐，你小聲點，別被人聽見了，多羞人啊……」

高倩倒是無所忌諱，依然大著嗓門。

「哎，小夏，你快告訴姐，別吊我胃口了好不好。」

郁小夏白了高倩一眼，低聲道：「這……你讓我怎麼說啊，今天白花了六百塊錢，不知怎麼，被那人弄亂了心境。」

郁小夏說完這話就後悔了，她不提還好，一旦提了，依照高倩的性格，肯定會不依不饒要看那幅畫的。

果不其然，高倩放下筷子，問道：「小夏，你吃飽了沒？」

郁小夏點點頭：「嗯，差不多了。」

「那就走唄，我都吃撐了，趕緊去你家，我迫不及待要看看那幅畫。」

高倩拉著郁小夏的手就往前台走，刷卡付了錢，開著車就直奔郁小夏家去了。

雲龍山莊。

一輛白色的奧迪駛進了大門，車燈雪亮，照在入口處站姿挺立的門衛身上，那門衛畢恭畢敬地敬了一個標準的軍禮。

高倩放緩了車速，車子開到一座三層的別墅前停了下來。別墅的門前站著一個黑衣大漢，見到車子停了下來，趕緊走上前來，拉開了車門。

「小姐回來了。」那黑衣大漢身材十分魁梧，濃眉大眼，額頭上有一道黑紫色的新疤，疤結還未脫落，顯得十分突兀，站在車旁，壯碩的身軀遮住了半個車門。

高倩下了車，朝他看了一眼，瞧見了他臉上的傷疤，笑道：「喲，誰能花了二虎哥的臉？點子夠硬啊！」

這黑衣大漢就是郁小夏的父親郁天龍手下的王牌打手曹蠻虎，身手十分了得，十四歲跟了郁天龍，幹架無數，出手又狠又毒，他手上不知廢了多少好漢。

曹蠻虎摸著額頭上的傷疤得意地笑了笑：「是西郊的李家三兄弟，哥仨現在還在醫院躺著呢。」

郁小夏對打打殺殺的事情十分反感，一句也不想多聽，拉著高倩就往屋裏走。別墅內的裝修以黑色格調為主，桌椅沙發俱是黑色，大廳主位的地方佈置了一個香堂，供奉的是武聖關二爺，香案上燃著檀香，弄得屋內香氣繚繞。

郁小夏拉著高倩直接上了三樓，三樓的裝修與一樓截然不同，以暖色調為主，粉色的牆壁，隨處可見的卡通圖案，格調浪漫如童話裏公主的房間。

「畫呢，我要看畫。」高倩急吼吼地催促郁小夏拿出下午作的畫。

郁小夏的房間很大，四壁掛滿了她的得意作品以及獲得的獎項。她指了指地上的紙簍，一張被揉成一團的畫紙靜靜躺在綠色的卡通紙簍裏。

高倩彎腰把那紙團撿了起來，迫不及待地將其展開，畫紙很大，她索性就把展開的畫紙鋪在了郁小夏的床上。郁小夏畫的是一幅人體素描畫，線條簡潔，顏色單調，雖然只有黑白兩色，卻將一個健壯男子的五官神韻展露無遺。

高倩右手托著下巴，饒有興致地看著畫上的男子，目光在畫上遊移不定，畫上的男子肌肉結實，肩寬腰細，側臥在沙發上，腹部的八塊腹肌猶如刀斧砍鑿一般，在他的腹部留下了七道深刻的印痕，目光往下移動，就看到了那神氣十足的東西，昂首怒目。

過了一會兒，高倩的目光就停留在了那男子的臉上，越看越覺得眼熟，不禁問道：「小夏，你知道這個裸模的名字嗎？」

郁小夏瞪大眼睛看著她：「倩姐，你可別亂打心思啊。」

高倩不耐煩了，說道：「哎呀，小夏，你想多了，我就是覺得這人有些眼熟，所以才那麼問的。」

郁小夏笑了，她和高倩從小一起長大，兩人的關係比親姐妹還親近，她是最瞭解高倩的。高倩雖然看上去風風火火大大咧咧，有時候比男人還男人，但絕對不是個亂來的女人。據郁小夏所知，從高中算起，追求高倩的男生沒有一百也有八十，其中不乏高富帥，但高倩卻一次戀愛也沒談過。

「倩姐，我不認識這個人，名字也不知道，只知道他是一個叫大風哥的人介紹過來的，這個大風哥的情況我倒是知道一些，很了不起，前幾年大學畢業之後創辦了一個叫『大學生自助協會』的團體，專門提供一些兼職工作給窮困的大學生。」

高倩的大學不是在蘇城上的，所以根本沒聽過「大風哥」，不過以她父親的地位，只要她想去瞭解，就會有人幫她把大風哥祖宗八代的情況都摸清楚。

「對了，倩姐，今晚吃飯的時候，你說你有喜歡的男生了，我倒要看看是何方神聖，竟然能讓我的倩姐動心？」

說到這裏，高倩的情緒忽然間低落了下來，神情落寞。

「小夏，不知道怎麼的，就是喜歡上了他，可是他好像一直都在迴避我，從來都不肯接受我的幫助，我真不知道該怎麼辦。」

郁小夏說道：「那他還蠻有骨氣的麼，真搞不懂，那麼多公子哥你瞧都不瞧一眼，怎麼就看上一個山窩窩裏出來的？」

高倩苦笑道：「小夏，你不懂，真正遇到喜歡的，除了那個人，你是不會介意其他的。」

從小到大，學校裏的同學都知道郁小夏有個不尋常的爸爸，從來沒人敢接近她，也從來沒有男生追求過她，除了高倩，她甚至想不出另外一個知心的朋友。當聽到高倩有心上人的消息時，她的心驀地一陣疼痛，湧出無數酸楚的苦水。

「倩姐，什麼時候約他出來，我替你看看這人到底怎樣。」郁小夏面帶微笑，可心裏並不這樣想，她只希望那個男人快點離開高倩的世界，必要時不惜採取一些非常手段。

「好啊，他還欠我一頓飯，到時候我帶你一起去。」高倩一口答應了下來。

第四章

與陶朱公立下的恆久契約

傅家琮問道：「這塊青銅片就是咱家和陶朱公立下的契約嗎？」

傅老爺子搖搖頭：「你說得不全對，這塊青銅片是先祖與陶朱公立下的，但是咱們要效忠的是歷代財神，也就是歷代的天門之主，可不僅僅是陶朱公啊。」

傅家琮驚問道：「難道說今天那孩子帶來的玉片就是……財神御令？」

傅老爺子面色凝重說道：「對，那孩子就是當世的財神繼承人啊，不要忘記咱家的使命……」

夜深了，林東放下手中的書本，揉了揉乾澀的眼睛。

下午兩個小時就賺了六百塊錢，足夠他解決眼前的溫飽問題了。下午回來之後，就去舊書攤上買了一本叫作《世界貨幣》的書回來看看，一來可以打發時間，二來也可以增長知識。他不是學金融出身，屬於半路出家，隨著業務的進展，他發現自己專業知識真的很匱乏，所以打算利用空餘的時間來補一補。

自從昨天夜裏林東與玉片產生了溝通之後，他始終對看到的幻象難以忘懷，那氣勢宏偉矗立雲端的金色聖殿，那聳立在四面八方的金色巨柱，一切宛如夢境一般，深深地印在了他的腦海裏。

翻開手掌，掌心的那個圓月彎刀似的印記還在，已經過了好幾天了，原以為是被玉片燙傷留下的傷疤卻絲毫不見脫落的跡象，林東知道，這可能並不是一個傷疤。

自從得了這塊玉片，有太多超物理的現象讓他無法解釋，不過從目前來看，這玉片並不是個壞東西，因為有了它，林東做業務時的底氣完全和以前不一樣。

「必須儘快弄明白這到底是個什麼玩意兒……」

林東心裏如是想，他似乎已經看到了端倪，但卻始終無法窺得真諦。

星期天的下午，林東正窩在房間裏看書，兩點一刻的時候，放在床上的手機忽然震動了，他拿起手機一看，是個陌生的號碼。

「喂，你好，請問您是哪位？」電話接通，林東禮貌性地問了一句。

電話裏傳來一個中年男人的聲音，似有幾分熟悉：「小林啊，我是集古軒的傅家琮啊，還記得我嗎？」

林東腦海裏忽然就出現了一個和藹敦厚的中年男人形象，他對傅家琮印象很深。

「傅大叔啊，我記得的。」傅家琮不會無緣無故給他打電話，林東心裏猜想，多半是他家老爺子回來了。

傅家琮也不繞彎子，直接把事情說明了：「小林，老爺子遠行訪友，這不，剛從台灣回來，聽了我對你那塊玉片的描述，感興趣得很，不知道你什麼時候方便帶著東西到店裏來一趟？」

林東也急於弄清楚這塊玉片的來歷，傅家老爺子見多識廣，指不定清楚玉片的來歷，當下就說道：「傅大叔，要是不怕我叨擾，我現在就過去。」

傅家琮自然一百個願意，也不知怎的，以老爺子的閱歷，什麼樣的古玩沒見過，竟然對一塊從未謀面的玉片那麼感興趣，這還是他第一次看到老爺子那麼不淡定。

「哪裏的話，你能來，我們開心還來不及呢。」傅家琮又在電話裏叮囑林東路上小心，注意安全。掛了電話，林東穿好衣服，直奔車站。大豐新村有直達古玩街的公車，他上車之後，閉著眼在車上晃了一個小時，睜眼的時候已經到了。

林東下了車，直奔集古軒走去，他之前來過一次，清楚集古軒的位置，輕車熟路，幾分鐘的工夫就到了。

集古軒分為上下兩層，林東進了門，傅家琮正在一樓擦拭花瓶。

「傅大叔，我來了。」林東說了一句，傅家琮放下手裏的活，抬眼對林東一笑。

「小林來啦。」他從櫃檯裏走出來，繞到林東身後把鋪子的門關了，領著林東上了二樓。

二樓的格局與一樓大不相同，廳內放著幾張木質的茶几和桌椅，色澤深沉，看上去應該都是有些年代的老物件。離茶几不遠處，有個古舊的小火爐，爐上坐著一個大肚子銅壺，壺嘴正往外噴著熱氣，整個廳內彌漫著茶香，清新淡雅，提神醒腦。

林東看在眼裏，覺得這二樓倒是像極了電影裏經常看到的古代茶肆。

傅家琮領著他坐了下來，倒了杯茶水。

「老爺子剛從台灣回來，這一路又是飛機又是汽車的，年紀大了，身體吃不消，正在裏面休息。小林，你稍等，我進去叫他。」

林東攔住了傅家琮：「就讓老爺子休息吧，我就坐在這等一等，不要緊的。」

傅家琮笑道：「老爺子著急得很，特意吩咐我，你一來，趕緊叫醒他，否則他醒了就該怨我了。」

既然傅家琮這麼說，林東也不再攔他，看著他朝二樓不遠處的一個小房間裏走去。不一會兒，只聽小房間裏傳來幾聲咳嗽，走出一個白鬍子的老頭，身穿黑色緞子長袍，膚色透著紅潤的光澤，雖然拄著綠玉拐杖，但看上去神采奕奕，身體應該硬朗得很。

林東見老爺子走了過來，從容地站了起來，畢恭畢敬叫了一聲：「老先生。」

傅老爺子雖然面目含笑，卻自有一種不怒自威的風範，他貴為蘇城古玩界的宿老，往來無白丁，交往接觸的皆是名流政要，久而久之，也就養成了泰然自若的風範。

傅老爺子之前已經從傅家琮的口中得到了一些關於林東的資訊，對林東也算有所瞭解，但是他看到林東的第一眼就把之前的想像推翻了。

以他對林東的猜測，一個二十幾歲的窮小夥子，見到他這樣的人物，多少也會有些怯場，但事實證明他錯了。林東在見到他時表現出來的平靜與鎮定，完全與他的年齡不符，大大出乎他的意料，即便是堂堂一縣之長初次見他，也沒有林東那樣的水波不驚。

老爺子一生閱人無數，識人的眼力十分獨到，雖然只是短短數秒，林東已經成功地在他心裏留下了極好的印象，即便是自己傾注心血一手調教出來的兒子在二十幾歲的時候，也沒有林東那麼沉穩的氣度。

傅老爺子在林東對面坐了下來，笑著問道：「小夥子，你叫什麼名字？」

「林東，雙木『林』，日出東方的『東』。」林東簡單地介紹了自己。

傅老爺子含笑點點頭，直接進入了正題：「聽家琮說你得了塊玉片，不知可否借來給老頭子瞧瞧。」

林東笑道：「老爺子客氣了，您是大家，那東西能得到您的品鑒也算是它的福氣了。」說著從脖子上將玉片取了下來，雙手捧著，恭敬地放在了傅老爺子的手裏。

傅老爺子手上的皮膚雖然顯得鬆皺了，但因常年把玩古物，雙手被古董所蘊含的靈氣浸染，皮膚顯露出不同尋常的光澤，那雙手看上去要比同齡人年輕許多。

還未碰到那塊玉片，傅老爺子已經感受到了玉片散發出的冰涼之氣，待到把玉片握在手中，那涼氣就更盛了，直接就滲入了皮膚中，那種清涼舒服的感覺簡直令人不忍釋手。涼氣沁入手心後，往四周的皮膚發散，眾人注意力在玉片上，完全沒有看到傅老爺子雙手皮膚的細微變化。

傅老爺子神情專注，時而凝目細看，時而閉目撫摩，臉色不斷變幻，沉著臉，似有所思……

林東凝神靜氣，他對古玩行當一竅不通，整個過程都未開口說話，靜靜等待傅老爺子開口。

過了好一會兒，直到杯中滾燙的茶水涼透，傅老爺子終於放下了玉片。

「老頭子賣個老，就叫你小林了。小林，老頭子多嘴問一句，這玉片你是從哪得來的？」

林東從這對父子對玉片的態度已經可以判定這不是一塊贗品，甚至不是個俗物。他對傅家父子的印象極好，當下也沒什麼隱瞞的，一五一十地把得到玉片的經過講給了老爺子聽。

「……自從那天以後，那個古玩攤子就再也沒有出現過，那個老先生我也再沒見過。」

林東說得很詳細，傅家父子聽了之後對他這段經歷都有了細緻的瞭解。傅家琮面帶微笑，心裏暗暗讚歎林東的好運氣，而傅老爺子的想法卻和他毫不相同。

這塊玉片的出現，已攪亂了他內心的平靜，他甚至想要大聲驚呼，但是他知道那樣做並不妥當，事關一段重大的秘密，他必須鎮定。

「我出八百萬買你這塊玉片。小林，你賣不賣？」傅老爺子不動聲色，一開口就開出高價要買玉片。

林東驚得差點掉了下巴，簡直不敢相信自己所聽到的，就連站在傅老爺子身邊的傅家琮也是大吃一驚。以他對行情的瞭解，八百萬買這塊玉片實在是高得離奇，但對於古玩一物，他的父親從未看走過眼，這一次也應該不會走眼吧？

「或許老爺子有自己的想法……」傅家琮想。

如果答應把玉片賣給傅老爺子，林東就會有八百萬的身家，帶上這些錢回老家，足夠他舒舒服服過幾輩子的，子孫後代也會衣食無憂，父母也不必再受耕種之苦，或許柳大海也會改變心意，重新將柳枝兒許配給他……

一時間，林東的心裏產生了無數想法，錯綜複雜，弄得他不知如何是好，心中好像有個聲音在催促，只要答應賣出玉片，就有了八百萬，那些曾經最大的難題也就不再是問題……

「阿東，知道為什麼家裏的飯菜吃著會覺得比較香嗎？那是因為碗裏的飯菜是用自己的汗水澆灌出來的。做人也是一樣，只有腳踏實地，才能把每一天過得都很開心。」

不知為什麼，這個時候，林東的腦海裏忽然響起小時候父親經常說的那句話，漸漸地，心裏紛亂複雜的聲音靜了下來。

傅老爺子見林東不說話，豎起兩個手指：「小林啊，老頭子我再加兩百萬，湊成一千萬，這件玉片你賣還是不賣？」

雖然傅家家財豐厚，但一千萬畢竟不是個小數目。這一下，站在傅老爺子身邊的傅家琮也快站不住了，差點出言阻止。

「老爺子去了一趟台灣，怎麼變化那麼大？」傅家琮心裏嘀咕，他也不是沒見過父親開價買東西，即便是再好的物件，傅老爺子也是先開低價，然後再慢慢加價，力取以最小的代價買到中意的物件，還從來沒見過老爺子這樣開價和加價的。

林東終於開口了：「老爺子，這東西我一百塊錢買的，您要是喜歡，給一百塊錢，這東西我讓給您。至於您問一千萬賣不賣，嘿嘿，我林東不是商人，做事情但求心安理得，錢太多，我怕睡不著覺。」

傅老爺子聞言，臉色不禁一變，先是震驚，後又轉為贊許之色，不住地點頭，顯然是對林東的回答很滿意。

「了不起啊，孩子。」

他長歎了口氣，把玉片鄭重地放到林東的手心：「孩子，這塊玉片，它可不是個俗物啊，以後你會知道的。」

林東這下子有點懵了，說道：「老爺子，您要是喜歡儘管拿去，寶劍贈英雄，這東西要是真有點價值，那也得在您這樣的行家手裏才能體現出來。」

傅老爺子笑道：「物各有主，有些事是冥冥中自有註定，老天爺早就安排好了的。孩子，老頭子很喜歡你，以後有什麼問題儘管來找我，就把集古軒當做自己的家。」

這世上貪圖錢財的人很多，能在巨額財富面前還保持本心的人卻是極少的，林東以為，傅老爺子一定是因為這點才會對他另眼相看的，可他卻是只知其一不知其二，傅老爺子心裏想的可不止那麼多。

林東把玉片重新掛到了脖子上，貼肉放好，起身向傅家父子告別，這一趟雖然還是沒能打聽到這塊玉片的來歷，但卻改變了他原先的想法。

他本認為只是撞大運在假貨攤買到了真古董，想著把東西出手發筆橫財，如今他斷定這玉片絕非俗物，聯想到玉片的神奇功能，徹底打消了賣掉玉片的想法，好好開發玉片的神奇功能，借此發展壯大自身。

林東走後，傅家琮坐到父親的對面，父子倆開始了一段對話。

「家琮，怎麼了，是不是有事問我？」傅老爺子看穿了兒子的心思。

傅家琮點點頭：「老爸，剛才你不是玩真的吧？一千萬吶，可不是小數目。」

傅老爺子喝了口茶，悠悠道：「如果他肯出手，別說一千萬，兩千萬我也要了。」

傅家琮聞言，搖著頭說：「一個一千萬要買，一個一千萬還不賣。你和他，一個老瘋子，一個小瘋子！」

「那……那東西到底什麼來歷？那麼值錢？」傅家琮見父親神色嚴肅，不像是在開玩笑，頓時被勾起了興趣，他雖覺得那塊玉片不凡，但不知道來歷，看父親的樣子，似乎比他瞭解得多些。

傅老爺子瞧著窗外，幾隻麻雀正立在電線杆上嘰嘰喳喳，他望著麻雀兒，心思卻想得很深很遠。

「兒子，去把咱家祖上傳下的那口箱子請出來。」

傅家琮聞言一驚，老爺子一直把那口鐵箱子當成寶貝，這麼多年碰都不許他碰一下，他曾多次問起有關那口箱子的事情，老爺子無不是三緘其口，從不肯告訴他丁點有用的資訊。這一次不知為何，竟然主動要他請出箱子。

傅家祖傳的那口箱子就在集古軒內，傅家琮進了老爺子休息的小房間，鑽進了床底下，費力地從床底拖出一口古舊的箱子，四四方方，是女人梳妝盒的兩倍大小，頗有些分量。

傅家琮雙手抱住鐵箱子走了出來，把箱子放在了老爺子的面前，但見那箱子上滿是銅綠，四面掛有形似門環的掛耳，四個掛耳皆是獸面，仔細一瞧，卻是麒麟模樣。

傅老爺子問道：「兒啊，你跟我多年了，我的本事你也學得有七八成了，來，老爸考考你，看得出這口青銅古箱是什麼時候的物件嗎？」

這口青銅古箱傅家琮自小就見過，雖不知裏面藏了什麼東西，但是從外表來看，必是個極為久遠的物件，這些年他眼力見長，這下定心細瞧，很快便有了答案。

「看著像是春秋時期的東西。」傅家琮給出了自己的答案。

傅老爺子點點頭，喝了一口茶，說道：「你說得沒錯，這東西的確是從春秋時期傳下來的。今天咱爺倆有幸見到了財神御令，咱家的秘密我也就不打算瞞你了。

來，你依著東西南北四方位，分別按一下這四個掛耳的眼耳口鼻。」

「財神御令？」傅家琮眉頭一皺，心中猜測，難道就是林東帶來的那塊玉片？這……財神御令到底是什麼東西？

他依照老爺子說的方法，當按下北方的麒麟掛耳的鼻子時，青銅古箱內忽然發出「咔咔」的攪動聲，顯然是開啟了箱子內部的機關。一兩分鐘後，箱子的頂部忽然裂為四塊，向外翻出。

「裏面有什麼？」傅老爺子的聲音沉靜中似有波瀾。

「只有一塊青銅片。」傅家琮答道。

「兒啊，看看青銅片上刻著什麼，看完了你就全都明白了。」

傅老爺子的聲音疲憊中帶著滄桑，和這眼前的青銅古箱一樣，似從遠古而來……

傅家琮看了一眼父親，小心翼翼地拿起了青銅古箱內的青銅片，上面雖然刻著的是上古周朝時期的鐘鼎文，對於普通人而言很難辨認，但他在古玩中浸淫了半生，對古代文字頗有研究，大概能看懂青銅片上所刻銘文的意思。

青銅片上所記載的是一段不為人知的歷史，傅家琮愈看愈是心驚，那是一段他完全不瞭解的過去。被後人譽為「商聖」的陶朱公范蠡早年輔佐越王勾踐，越國歷經十年休養生息，勾踐成功復國雪恨。范蠡功成身退，遊歷經商，富可敵國，歷經三聚三散，後人尊其為「財神」，殊不知范蠡在經商天下之時，秘密創建了「天門」，並打造了一塊代表財神身分的玉令，是為「財神御令」，分別讓八個最為可信的助手駐守八方，經營不同的產業。

這八人就是最初的天門八將，宣誓世代效忠天門。范蠡生前定下規矩，得到財神御令的人就是財神，就是天門之主。

傅家琮放下青銅片，胸中波瀾起伏，剛才看到的那段文字，簡直將他帶入了一個從未瞭解過的世界。

「爸爸，咱們家也是天門八將之一嗎？」

傅老爺子歎道：「是啊，咱家的老祖是陶朱公的馬夫，後來替他駐守北方，經營戰馬生意。呵呵，鼎盛時期，戰國七雄哪個不是從咱家買的戰馬？」說起兩千年前家族的盛況，老爺子的臉上仍是掩不住的自豪。

「這塊青銅片就是咱家和陶朱公立下的契約嗎？」傅家琮追問道，他心中有太多的不明白。

傅老爺子搖搖頭：「你說得不全對，這塊青銅片是先祖與陶朱公立下的，但是咱們要效忠的是歷代財神，也就是歷代的天門之主，可不僅僅是陶朱公啊。」

傅家琮忽然想起什麼，驚問道：「難道說今天那孩子帶來的玉片就是……財神御令？」

傅老爺子忽然站了起來，面色凝重，半晌方才說道：「對，那孩子就是當世的財神繼承人啊，不要忘記咱家的使命……」

傅家琮搖搖頭，不願意承認這一切。如果履行先祖對財神的承諾，那麼傅家目前所擁有的一切都應歸屬於財神，幾十代人打拚來的家業，教他如何能如此輕易拱手讓人？

「父親，那孩子是不錯，可他只是僥倖得到了財神御令，咱們沒必要向一個不成氣候的毛頭小子效忠。」

傅老爺子聞言，雙目一瞪，拍著桌子怒罵道：「瞎眼的東西，財神御令所選之人，哪一個不是經天緯地之才，前有呂不韋，後有沈萬三，哪一個不是富可敵國？你別看那孩子現在這樣，只要有御令助他，過不了幾年，必定名揚天下！」

傅家琮性格敦厚老實，一向對父親言聽計從，但是這一次，他卻對老父產生了懷疑，為了家族的利益，他不惜與父親產生爭執。

「一塊玉片而已，能幫他什麼？父親，咱家的基業是祖祖輩輩打拚來的，不是哪個人送的！」

傅老爺子瞧了一眼兒子，他是瞭解的，兒子外表溫良謙恭，內心卻非常有主見，只認從自己認為對的事，如果不能讓傅家琮心服口服，他是不會遵守祖訓的，而自己年邁體衰，家族的未來還得由兒子來主導，因此，必須要讓他相信林東有能力飛速崛起，必須讓他相信幫助財神的繼承人，實則就是在幫助自己的家族。

「兒啊，你看看我的手。」傅老爺子伸出一隻手，說道。

傅家琮不明所以，只是聽從老父的意思，看了一眼他的手，忽地眉頭一皺，抬起了頭，一臉的不可思議。

「老爸，您手上的老年斑好像淡了許多，這、這是怎麼回事？」

「別大驚小怪的，財神御令聚集了歷代財神的靈氣，你也瞧過那塊玉片，玉中所蘊含的液體，就是歷代財神的靈氣所化。記得你太爺爺說過，明朝洪武年間，咱家祖上一位叫作『傅國泰』的祖先曾經被沸水燙傷了臉，以至於半邊臉容貌盡毀，當時的財神沈萬三得知之後，特意來到咱家，將御令借給那位先祖，讓他三天之內每日以御令刮臉。三日之後，先祖臉上的傷疤神奇消失了，容貌恢復如初。據我所知，御令的神奇之處可不止這些啊……」

聽了父親的話，傅家琮坐了下來，喝了一口茶，靜靜地想了一想，老爺子深謀遠慮，絕不會做出對家族不利的事情，況且財神御令的每個主人都是天縱之才，如果不例外的話，林東的未來必然是無可限量的。

「兒啊，咱們傅家傳承了兩千多年，前後幾十代人，鼎盛的時候，家族中有近萬人，進入宋朝之後，咱家便開始衰落了，能綿延至今，已經很不容易了。如今，外人眼中咱家依舊風光，可只有咱自己知道，咱家是一代不如一代啊，如果沒有中興之法，恐怕咱們傅家也風光不了多少年了。」

傅老爺子說的這一切，傅家琮心裏都是清楚的，家族在衰落，他作為傅家四十九代單傳，必須抓住一切振興家族的機會。

「爸爸，我們該怎麼做？」傅家琮平靜了下來，心平氣和地問道。

傅老爺子笑了笑，看來兒子已經改變了初衷：「先調查清楚那孩子的情況，越詳細越好。具體該怎麼做，咱們須得從長計議。」

爺兒倆相顧無言，心中皆是波瀾起伏，難以平靜，彷彿看到了傅家中興之日，如果能輔佐新一代天門之主、當代的財神重現昔日天門的輝煌，那傅家豈有不興盛之理？

從集古軒回到大豐新村這一路上，林東覺得自己彷彿做了一個夢，那一百塊錢淘來的假貨，竟然有人開價一千萬要買，簡直令他不敢相信。

「傅老爺子不會看走眼，這東西一定有玄妙之處。」林東吃了晚飯，手裏捏著玉片，躺在床上靜靜地看著，卻如何也瞧不出哪裏值一千萬的天價。

看著看著，忽然覺得玉片之中遁出一絲清輝，往他眼中躥來，只這一瞬，他覺得與手中的玉片再次產生了溝通。林東腦中靈光一現，趕緊將注意力從玉片中轉移出來，不知怎的，腦袋裏竟然出現了溫欣瑤扭動的臀部與長腿。

「該死！」

他在心裏暗暗罵了一句，忽然之間，與玉片方才產生的聯繫又斷了。

這一刻，他忽有所悟。

「只要我集中精力去想玉片，便會與它溝通，一旦我轉移了注意力，溝通就會消失。」

摸清了方法，林東迫不及待地再次嘗試與玉片進行溝通，他將注意力集中，眼睛一眨不眨地盯著玉片，果不其然，玉片內不知名的液體忽然流轉起來，發出一絲清輝，從玉片當中射了出來，正中他的眼睛，一瞬之後，林東的眼前再度出現了濃厚的霧氣。

與第一次看到的幻象一樣。

「往前走就是金色聖殿了。」

他拾起步伐，往前走了一會兒，霧氣漸消，抬頭一看，前方果然出現了一座金色聖殿，雲霧繚繞，宛如仙境一般。林東心中一喜，加快了步伐，一直往前走去，想要進入到金色聖殿之中。

走了片刻，就來到了金色聖殿之前，眼前那八根巨大的金柱高聳入雲，金殿的頂端也被雲霧遮掩，不知有多高。林東步入殿中，四周空空蕩蕩，什麼也沒有，只有雲霧飄蕩在空蕩的大殿內。

「金殿第一層，怎麼什麼都沒有？我還以為會有整箱整箱的黃金呢。」

林東心裏頗有些失望，繞著金殿第一層走了一圈，什麼也沒發現，心裏起了懷疑。

「難道說好東西都在樓上？」

心動不如行動，林東想到就邁步朝樓梯走去，走到樓梯近前，剛抬腳想要拾級而上，哪知腳底一觸到第一級樓梯，卻完全不受力，一隻腿直往下沉，似是踏入了霧中一般，感覺不到一點實質的東西。

林東趕緊收住腿，「蹬蹬」往後退了幾步，面帶驚懼看著那一級級金色階梯，明明看上去是好好的階梯，怎麼一踩上去卻是軟綿綿像是什麼也沒有呢？

抬頭朝頂部望了一眼，不知上一層的金殿中是否藏有寶物，好奇害死貓，林東決定再試一次，這一次，他要直接跳過第一級階梯。

林東吸了口氣，往後退了十來米，忽然雙足發力，朝金色階梯狂奔而去，接近階梯三四十公分時，右腿一蹬，拔地而起。林東從小就在山林裏躥蹦，彈跳力極好，這一躍足足往前飛出了三米多，但雙腳踏到階梯之時，仍是毫無著力之處。

「媽呀……」

林東用盡全力一躍，下落之時不慎摔倒在地，直疼得哭爹喊娘。蜷縮著身子倒在地上，林東忍著劇痛，抱著腳在地上滾了幾圈，等到疼痛減輕，竟趴在地上不動了。

「預言？」

林東睜大眼睛，地上的金磚上冒出「預言」兩字，他一時錯愕，以為自己看錯了，再仔細一瞧，那金磚上真真切切刻著這二字，絕對不是眼花。他趴在地上，看了看周圍的金磚，竟然每塊上面都刻著「預言」二字。

「奇怪了，這『預言』到底是什麼意思呢？」林東一時也不急著去二層打探，注意力完全被金磚上的刻字吸引住了。

他坐了起來，從得到這塊神奇的玉片起發生的種種奇怪的事情在腦子裏過了一遍，一時間似乎抓住了什麼，卻又是一閃而逝。

「到底是什麼意思……」

林東將目光鎖在金磚上，瞳孔收縮，忽然一拍巴掌。

「有了，原來如此。」

林東終於明白了為什麼金磚上會有「預言」二字了，這是在告訴他玉片有神奇的預言異能啊！那次玉片中呈現出的房子圖案，幫助林東成功地向錢四海推薦了兩支漲停股，這不就是預言功能最好的佐證麼？

「只要利用好玉片的預言異能，我林東發達的日子還遠嗎？」

林東放聲大笑，忽然覺得頭好痛，像要炸開一樣，腦袋裏天旋地轉，視力漸漸模糊了，等到恢復正常之時，發現金色聖殿早已消失，自己正躺在出租屋的小破床上，入眼儘是貼滿四壁的發黃報紙。

林東覺得很疲憊，像是透支了體力一般，躺在床上看看那塊玉片，看來與這塊玉片溝通是極耗費精力的，不過想到玉片神奇的預言功能，林東不禁握緊了玉片，心底的膽氣頓時壯大了許多。

又到了週一，一大早到了辦公室就覺得今天的氣氛有些異常，眾人埋頭對著電腦，沒有一個出聲。林東看了一眼，大家的電腦螢幕上都是紅紅綠綠的一片，敢情都是在篩選股票。

他沒有忘記薦股大賽的事情，昨天晚上在與玉片溝通之後，玉片上顯現出一個膠囊圖案，所以他已經選好了股票。本來打算獨推一支股票的，但想到推一支股票風險太大，可以說是孤注一擲，思來想去，決定推兩支醫藥股。

徐立仁此刻也選好了股票，看到林東不急不忙，問道：「哎，林東，你打算推什麼股票？」

林東老老實實回答了他：「我預期接下來醫藥板塊的走勢可能會不錯，所以打算推薦恒瑞藥業和國泰製藥這兩支股票。」

徐立仁笑道：「行啊你，股神啊，股市的板塊輪動還能被你摸清楚？林東，你小子就吹吧。」

林東也不搭理他，進入到公司的OA中看了一下分組的情況，公司所有的員工一共被分為八組，每組十個人。林東在D組中找到了自己的名字，看了一眼D組的名單，心裏鬆了口氣，這一組並沒有什麼牛人，有了玉片的指示，他底氣十足，覺得自己勝出的機會還是比較大的。

「嘿嘿，溫副總竟然和我同組。」林東在D組的名單中看到了溫欣瑤的名字，頓時來了興趣，這一輪他必須拿下，這樣才能引起公司領導層的關注，更重要的是引起這個美女副總的注意。

九點一刻的時候，林東把選的兩支股票報給了周竹月，收拾了東西出了公司。進入元和證券已經有半年了，從一個對證券行業一無所知的愣頭青到現在對各方面都很熟悉的業務能手，林東對於拓展業務有了不同的看法。

以前每天去銀行行銷，雖說勤勤懇懇，但那種方法基本上屬於守株待兔，缺乏主動性，與他的性格不合。股市已經熊了好幾年，大多數股民都對市場失去了信心，所以在銀行的行銷也極難開展，很多人壓根不願意提及股票。

有了御令的幫助，林東的底氣厚實了許多，他覺得是時候換一種方法開拓業務了，針對特定人群，有目的主動出擊，而這些特定人群就是其他券商的客戶群。

現在炒股票雖然大多數都是網上交易，但仍有許多股民喜歡去證券公司的大廳，那裏不僅可以交流股票，也可以打發時間。這部分人群一般都是小散戶，資產不會太多，但是卻有非常嚴重的從眾心理。打個比方，如果他們當中有個做股票十分厲害的人，一群人都會跟在他的後面買賣。

出了公司，林東沒有去銀行，而是坐上了開往開發區管委會的公車。上車之後，他給大學宿舍裏的老三李庭松發了一條簡訊，約他中午在管委會附近的美食街吃飯。

李庭松很快回了短信，他不久之前剛升了官，本來就想請林東吃飯的，正好林東來找他，於是就定下了飯店。

「老大，湘裏人家，中午我請你。」

林東這次來找李庭松是有目的的，他需要一個股票帳戶，而作為從業人員，他是不可以開股票帳戶的，所以他打算請李庭松幫個忙，找個人去開個股票帳戶給他使用。這樣他就可以冠冕堂皇地進入其他券商的大廳，實施他的挖人計畫了。

第五章 玉片預言

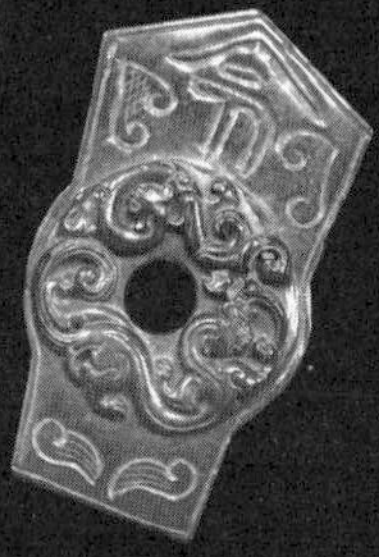

恒瑞藥業漲幅只有百分之一點九，而國泰製藥竟然下跌了百分之三。

林東隔著衣服摸了摸胸口的玉片，心裏有些擔心，

如果這玉片不管用，那他計畫好的一切都得泡湯。

再看了看醫藥板塊，整個板塊走勢平穩，並沒有大起大落的趨勢。

「是不是我與玉片契合度不夠而導致我猜錯了？」

林東的心裏不禁懷疑起來。

林東到了美食城才十一點，李庭松還沒下班，他一個人逛了逛，看到街道兩邊林立的大小飯店，心裏忽然產生了一個想法。他在蘇吳大學四年，因為學校建在偏僻的郊區，周圍的配套設施跟不上，基本沒有一家像樣的飯店，所以學生們只能在食堂解決三餐問題，而食堂的伙食又是出奇難吃，被眾多學生戲稱為豬食。如果能在學校的周圍開一家有特色的飯店，那肯定不愁沒有生意。如果有足夠的資金，可以打造一個美食街，絕對可以成為一個消金窟。

「如果能在周圍配上大型超市、網吧、服飾店和化妝品店，可以走廉價路線，薄利多銷，那絕對會成為一個消金窟。」

林東越想越興奮，忽然看到前面有個旺鋪招租的廣告，店面大概有七八個平方米，租金加轉讓費一年竟然要八萬塊錢，這不啻於一盆冷水，把他剛剛燃起的熱情一下子澆滅了。

「飯都快吃不上了還想一步登天？簡直是笑話……」林東心裏自嘲道，逛了一會兒，將近十一點半了，他就朝湘裏人家走去。

到了湘裏人家，林東選了一個位置坐了下來，不到十分鐘，李庭松滿頭大汗地進了飯店，一眼望見了林東。

「老大，咱哥倆好久不見了。」李庭松有著女人般白皙的皮膚，微微發了福，身穿白色襯衫和黑色條紋西褲，踩著棕色的皮鞋，頭髮梳得油光光的，儼然一副機關職員打扮。

「你小子只管悶頭升官發財，哪還記得老大當年對你的好。」林東挖苦他一句，李庭松是他很好的哥們，彼此之間親如兄弟，說話也不需要注意什麼措辭。

李庭松嘿嘿笑了笑，抽了紙巾擦了擦臉上的汗珠，問道：「老大，我記得你是最怕熱的，怎麼臉上一滴汗沒有？」

李庭松熱得不行，對著櫃檯的服務員吼了一嗓子：「服務員，做不做生意了，快開空調，熱死人了。」

自從得到了財神御令，林東每天掛在脖子上，御令之中散發出的涼氣滲進了他的體內，即便是再熱的天，他也不會感到熱。

「心靜自然涼，老三，你是不淡定啊……」林東瞧著李庭松，裝出高深莫測的樣子，淡淡地撂下一句玩味的話。

他這個好哥們，從來都是心裏藏不住事情的主兒，其實很不適合在官場混，但是因為他父親的關係，所以目前還算走得順利。李庭松一進餐廳，林東就看得出來這小子心裏藏著事情。

「老大，真是什麼也瞞不過你這雙鷹眼。」林東的五官立體感很強，鼻樑高挺，嘴唇薄如刀片，尤其是那雙眼睛，眼窩較深，目光銳利，看人的時候目光深邃如潭，帶著一股寒氣，如鷹視一般。

「趕緊點菜，我餓壞了，邊吃邊聊。」林東把菜單推到李庭松的面前，催促他快些點菜。

雖說今天是李庭松請客，理當由林東點菜，但他知道這個老大從來不挑食，任何時候一起出去吃飯都是別人點菜，所以李庭松也不客氣，拿起菜單點了五個湘菜中的經典菜肴，東安雞、金魚戲蓮、永州血鴨、姊妹團子和岳陽薑辣蛇。

「老三，你發財啦？點那麼多吃不了的，劃掉兩個，三個就夠了，別浪費錢。」林東見他點了五個菜，實在是有些多了，根本吃不了，他從小就養成了珍惜糧食的好習慣，從來吃飯碗裏都不會剩下一粒米，倒不是心疼錢，而是看到糧食被糟蹋了就心疼。

李庭松沒聽他的話，把寫好的菜單遞給了服務員，笑道：「老大，今兒你就放開懷吃，咱現在大小也算個領導，待會吃完了開張發票，可以報銷的。」

「好傢伙，你也學會公款吃喝了？」林東顯得很驚訝，原來那麼一個單純的老三，就這麼被社會大染缸污染了。

李庭松笑問道：「老大，你是人民不？你是老百姓不？」

「是啊。」林東點頭答道。

「那就是了，這錢取之於民，用之於民，我拿機關的錢請老百姓吃飯有何不可？」

「好小子，什麼時候學會耍嘴皮子了，哥哥說不過你。」既然菜單已經傳到後廚去了，林東多說無益，還不如待會敞開肚皮，爭取多吃點。

菜很快就上來了，李庭松要了四瓶冰啤，也不倒在杯子裏，兩人就拿著酒瓶對飲，好像又回到了大學裏光著膀子吃路邊燒烤的那段快樂時光。

畢業這一年，李庭松的酒量與肚皮一樣，明顯漸長，自從進了機關，他隔三差五就要喝酒，不是陪領導喝，就是別人有事相求請他喝，雖說早就喝怕了酒，但因為見到的是林東，很是開心，來了酒興，咕嘟咕嘟不知不覺已經乾了一瓶。

一瓶酒下肚，李庭松打開了話匣子，單位裏人人勾心鬥角，很難有可以推心置腹說幾句真話的朋友，見到林東，正好倒一倒肚子裏的苦水。

「老大，兄弟命苦啊……攤上這麼一個女人。」

畢業之後，李庭松的家裏給他安排了一次相親，女方是他熟悉的，父母都是幹部，這女孩一畢業也進了政府機關，後來不知怎麼被調到了李庭松所在的單位，兩人同在一個屋簷下，抬頭不見低頭見。

最讓李庭松鬱悶的是這女孩能力出眾，工作上凡事都要爭第一，與李庭松平淡的性格很不合，一個大男人，在單位裏整天被自己的女朋友壓著，那滋味真的很不舒服，偏偏又有苦說不出來。

李庭松倒著苦水，不知不覺兩瓶啤酒下了肚，他還要喝，卻被林東攔住了。

「老三，我只問你一句，你喜歡那女孩嗎？」

李庭松想了想，說道：「雖然她很漂亮，但是我對她只有敬畏，沒有愛戀之情。」

林東笑道：「又沒人拿繩子把你倆拴在一起，你不喜歡人家，應該告訴她啊，死撐著在一起有意思嗎？」

李庭松紅著眼，對於這段感情，他實在有太多的迫不得已：「老大，這女孩的爸爸是我爸爸的領導，我爸爸下了命令，讓我有什麼都得忍著，一定要娶她做老婆。」

聽到這裏，林東明白了，只要能和這女孩結婚，對於李庭松將來的仕途一定會有很大的幫助，只是這樣，這位好兄弟一輩子的婚姻幸福就算毀了。

「老三，這是你自己的事情，你得權衡清楚，魚和熊掌不可兼得，看你選擇要什麼了。」

李庭松點點頭，抿著嘴唇，神情肅穆地看著林東，忽然開口說道：「老大，你一定要幫我。」

林東心裏納悶：「你倆之間的事情我怎麼幫你？」

「我想過了，如果我把她甩了，她家裏一定不開心，到時候可能要連累我家老頭兒。但是如果她把我甩了，那就不一樣了，一來我爸也不好怪我，二來要愧疚也是她家愧疚，你說是不？」

林東點點頭，李庭松說得很有道理。

「只是怎麼才能讓她甩了你呢？」

「難就難在這裏。我想過了，這時候只需要有一個橫刀奪愛的傢伙橫空出世，驚豔登場，奪走了蕭蓉蓉的心，還怕她不跟我掰？」李庭松兩眼冒光，直勾勾地盯著林東。

「你這樣看著我幹嗎？」林東被他盯得心裏發毛。

「肥水不流外人田。老大，你現在不也是單身嘛，行個好，幫我收了蕭蓉蓉，就當積德行善了。」

林東差點沒把吃進肚子裏的東西吐出來：「這挖人牆角也叫積德行善？況且是搶你的女人？」

李庭松臉一紅：「老大，我和蓉蓉之間是清白的，她還不是我的女人。求你收了她吧，兄弟下半生的幸福可全靠你了。」

林東看他那樣子也真是可憐，表面風光無限，沒想到心裏那麼不快活：「老三，這又不是二手買賣，蕭蓉蓉又不是件東西，不能你說讓我收了她，我就能收了她吧。」

李庭松一聽林東這話，知道他鬆了口，臉上終於有了笑容，說道：「經過半年來我對蕭蓉蓉的瞭解，這個女人強勢得很，崇拜比她強的男人，老大，像你這樣有上進心、肯奮鬥的男人正合她的口味，不然我也不會求你。」

林東覺得這事太過於荒唐了，但看李庭松那模樣，如果今天不答應他，估計這兄弟能哭出來。他的心一軟，畢竟是那麼多年的好兄弟，先應下來吧。

「老三，這個事情我只能盡力而為，我覺得難度挺高的，對人家而言，我就是個陌生人，闖入人家的心裏那得多難啊！我只能說盡力而為，成不成還兩說，不論結果如何，你可別怪我。」

李庭松喜上眉梢，掏出手機：「老大，有你這話就足夠了！為你增加一點動力，我先給你看一下蕭蓉蓉的玉照。」李庭松用手機進入了蕭蓉蓉的ＱＱ空間，打開了主人相冊，找出蕭蓉蓉的照片，一張一張翻給林東看。

「怎麼樣，老大，撿大便宜了吧？」

照片中的蕭蓉蓉氣質出群，面容姣美，將近一米七的身高，雙腿白皙修長，胸前小丘起伏，不僅貌美，而且身材也很出眾。

林東朝李庭松看了一眼，一臉的驚訝：「老三，你小子是不是腦瓜子出毛病了？這麼靚的妞別人想都想不來，你還要拱手讓人？」

李庭松歎了口氣：「我也捨不得，可跟她在一起真的感覺不到快樂，所以兄弟只能忍痛割愛。」

林東搖搖頭，嘿嘿一笑：「老三，跟你說真的，兄弟可真動心了啊。」

「大哥，求之不得。」

李庭松真的是想儘快擺脫蕭蓉蓉，於是就把蕭蓉蓉的一些生活習慣以及常去的地方都告訴了林東。林東從他口裏得知，蕭蓉蓉經常在週五的晚上會去公園路的相約酒吧。只要在週五去相約酒吧蹲守，等到蕭蓉蓉一現身，那就有接近的機會了。

飯也吃得差不多了，林東才想起來找李庭松的目的。

「老三，老大也有事請你幫忙。你幫我找個人開個股票帳戶，我有用。」

林東把目的說了出來，李庭松想也沒想就應了下來。

「這算什麼事，哪需要找人，待會吃完飯，我幫你去開一個。」

「好啊，那是最好不過的了。」

兩人吃完飯，李庭松結了賬，要了發票，就和林東出了飯店。

「我記得管委會附近有個海安證券的，你知道具體在什麼位置嗎？」

李庭松掏出手機查了查地圖，開車不到五分鐘就到了海安證券的門口。李庭松一個人進去開戶了，林東留在車裏，躺在真皮的座椅上，可比公車舒服多了。

「啥時候我也能過上有車有房的日子……」

林東摸了摸掛在胸口的財神御令，心想那樣的日子應該不遠了。

中午沒什麼人辦業務，李庭松進去十來分鐘就出來了，他把股東卡和客戶編號丟給了林東：「老大，交易密碼是〇六三四〇七，好記吧？」

林東一下子就記住了這個密碼，〇六三是他們大學時的班級號，四〇七是當時他們的寢室號，李庭松設了這個密碼，看來也是花了一點心思的。

林東看到李庭松帶出來的三方存管聯是農行的，說道：「事情還沒完，你還得幫我去聯繫一下第三方存管，這附近有農行嗎？」

「有，前面路口就有一家農行。」李庭松發動了車子，朝前面路口的農行駛去。

林東把開股票帳戶的目的告訴了李庭松：「老三，能不能借我萬把塊錢？我要在帳戶裏放點錢，不然空帳戶也沒用。」

李庭松開著車，笑道：「咱們兄弟之間別說借，那待會兒我把錢直接存卡裏，可以嗎？」

車子開到了農行門口，李庭松一個人進去辦業務去了，又過了一刻鐘，夾著包從銀行裏出來了。

進了車裏，把銀行卡和一張存款回單一並遞給了林東，林東一看上面那數字，驚呼道：「十萬，你存那麼多錢幹嗎？」

李庭松笑了笑：「老大，勾引蕭蓉蓉不需要花錢嗎？就那相約酒吧，去一次，最少也得花個幾百。這十萬塊你收著，等你發達了再還我也不遲。」

既然李庭松那麼說，林東也就不再推辭，他知道李庭松家裏有錢，十萬塊錢在他眼裏是個天文數字，或許在這哥們兒眼裏壓根不算什麼。

眼看就快到了上班時間，林東就讓李庭松在公車處把他放下，二人又聊了一會兒，李庭松就開車直奔單位去了，臨走之前一再囑咐不要忘了搞定蕭蓉蓉。

林東一臉無奈，搖頭苦笑，這世上還真有人花錢請哥們搞自己女朋友的，真是無奇不有。

海安證券在蘇城有三個營業部，其中一個斜塔路營業部離元和證券不遠，大概也就二十分鐘左右的步行路程。林東坐車直奔斜塔路營業部而去，大概兩點半的時候進了海安證券的散戶大廳。

現在股市行情不好，前些年熱鬧非凡的散戶大廳如今也只有十來個大爺大媽坐著聊天。他們手裏都有一些股票，不過因為套得很深，現在也很少去關注，之所以來散戶大廳，只是因為這裏有空調吹，還有純淨水喝。

這就是蘇城老百姓的特性，雖然家家都很有錢，但就是愛貪點小便宜。

林東今天只是來踩踩點，打明天開始，他就要實施計畫了。雖然目前這裏人少，但他只要在這幾人面前樹立起股神的形象，這些人就會像小喇叭一樣四處為他宣傳。

散戶大廳裏放著十來台看行情的電腦，林東在一台電腦前坐了下來，看一看今天大盤的行情和他推薦的兩支股票的走勢。受歐美股市的影響，週一一開盤A股就持續走低，到了現在，滬指已經跌了百分之一點三。

「如果接下來幾天大盤還是沒有起色，我估計只要推薦的股票是正收益，那麼就有可能進入八強。」林東知道在這種弱勢行情下選股很難，如果踩不中熱點，基本很難賺到錢，所以做了這個預測。

恒瑞藥業漲幅只有百分之一點九，而國泰製藥竟然下跌了百分之三。

林東隔著衣服摸了摸胸口的玉片，心裏有些擔心，如果這玉片不管用，那他計畫好的一切都得泡湯。

再看了看醫藥板塊，整個板塊走勢平穩，並沒有大起大落的趨勢。

「是不是我與玉片契合度不夠而導致我猜錯了？」

林東的心裏不禁懷疑起來。

回到辦公室，徐立仁像是守候已久了似的，林東剛坐下，就一臉陰笑地湊了過來。

「喲呵，股神回來啦，醫藥板塊走勢怎麼樣？」

林東壓根不理他的冷嘲熱諷，喝了口水就朝郭凱的辦公室走去。

進了郭凱的辦公室，林東開門見山道明了來意。

「郭經理，我想試著換一種方法來拓展業務，我覺得有針對性的行銷可能效果會更好一些。比如……」

林東詳細說明了他的想法，郭凱認真聽了，也說出了自己的擔憂。

「小林，有針對性行銷的效率肯定是最高的，但是現在有兩個問題，第一，你怎樣讓其他券商的客戶相信你的能力？你我都知道，炒股票就是為了賺錢，這可不是嘴上吹幾句就能吹出來的。第二，深入其他券商的營業部去挖人，這個事情之前還沒人做過，不是沒人想過，你也知道現在各家券商之間競爭激烈，我怕搞不好你的人身安全都得不到保障。」

林東點點頭，郭凱擲出的這兩點也是他所擔憂的，不過既然知道玉片有神奇的預言能力，第一點他就無需擔心太多。

「郭經理，我想試試看。」

林東目光之中透露出堅定之色，郭凱知道多說無益，也就不再多言。

「安全第一，你小子記住嘍。」

林東笑了笑，這一點他早已考慮過，千萬不能讓對方券商認出他是從業人員，否則的話，有可能人身安全得不到保障。

「從明天開始，我會穿著便衣，放心吧。」

回到辦公室，林東進了公司的ＯＡ系統，看了一下黑馬大賽第一天的情況，以他目前兩支股票的收益暫列Ｄ組第三名，與他同一組的溫欣瑤竟然推了一支險些跌停的股票，這讓林東有些不解，以溫欣瑤的經驗和實力，不至於成績那麼差的。

他又觀察了其他組的情況，魏國民和姚萬成推薦的股票也跌得很慘，這時，林東忽有所悟，老總們要的只是貴在參與，並不是衝著得獎去的。

徐立仁推薦的國發電力漲了六個點，暫列F組第一名，這傢伙不免得意非凡。

「建明，倩兒，廣才，林東，我徐立仁先撂下話啊，如果這個月不慎被我拿到了黑馬王，我請哥幾個到西湖餐廳搓一頓。」徐立仁揮舞著胳膊，好像這個黑馬王他已經拿到了手。

紀建明笑道：「立仁，你好像還欠著林東一頓吧？」

徐立仁一臉錯愕，紀建明道：「要不我給你提個醒，就是你肚子疼的那天，記起來了嗎？」

徐立仁這才想起來，臉色忽地變了。

林東笑道：「我還是等立仁拿了黑馬王一併請吧。」

高倩朝林東看了一眼，低下頭，發了幾句話給他：「林東，你說好發了工資請我吃飯的，這工資眼看就要發了，你可別忘記了。」

林東回道：「忘不了。對了，我週末掙了點錢，選日不如撞日，要不就今晚？」

「好啊，我可以帶個人一起去嗎？」

「可以的，那咱們今晚去什麼地方？」

「蜀香村吧，那兒的烤魚挺好吃的，西湖餐廳實在是吃膩了。」

蜀香村和西湖餐廳實在不是一個檔次上的，林東心知，這都是高倩為了給他省錢，如果去西湖餐廳，就那六百塊錢是肯定不夠的，但是去蜀香村，三個人撐死了也就消費兩百塊。

蜀香村離大豐新村不遠，大概七八站路。和高倩約定了六點半見面，林東就收拾東西下班去了。他坐車回到家裏，先是洗了個冷水澡，然後換上了一套乾淨的衣服，白色T恤和黑色中褲，露出結實的小腿肌肉。

高倩開車直奔飛鴻美術學院去了，到了郁小夏學校的門口，停車給她打了個電話。

「小夏，他今晚請我吃飯，你要去嗎？」

郁小夏故意捉弄高倩，問道：「哪個他呀？」

「就是林東啊，我跟你說過的，就是我喜歡的那個男生。」高倩的性格直來直去，若是換了郁小夏，即便是心底喜歡一個人，也不會明說出來。

「大姑娘的，害不害臊？好啦，你把車開到我宿舍樓下，我換了衣服就下來。」

高倩把手機往副駕駛座位上一扔，猛踩油門，發動機發出轟隆的聲音，呼嘯著駛進了校園。門口的門衛哎呀哎呀叫了幾聲，伸手欲攔，但見白色的奧迪毫無減速的趨勢，反而加速衝來，也就不再阻攔了，閃身站到一邊去了。

高倩在郁小夏的樓下等了一會兒，就見郁小夏走出了樓道，跳躍著進了她的車裏。

郁小夏剛進車，看到高倩身上還穿著工作服，白色的短袖襯衫和西褲，驚詫道：「倩姐，你就穿成這樣去見你的心上人啊？」

「怎麼了？有什麼不好麼？」

郁小夏搖搖頭，唉聲歎氣：「你們兩個是一個公司的，他見慣了你穿工作服的樣子，所以你必須得改變一下……咱倆身材差不多，走，去我寢室，我幫你裝飾一下。」

高倩本不想那麼麻煩的，不就是吃頓飯嘛，但聽了郁小夏的話，又覺得很有道理，雖說她平時不愛打扮，但是為了能給林東留下美好的印象，她決定採納郁小夏的建議。

郁小夏把高倩按在凳子上：「倩姐，你就閉上眼睛，什麼也別問，什麼也別管，全交給我們。」郁小夏的三位室友都在，那三人也都是家境非常好的女孩，平時很會穿衣打扮，郁小夏招呼一聲，這三人分頭行動，開始忙活起來。

高倩索性閉上了眼，任憑她們在她臉上、頭上折騰。

二十幾分鐘後，漸漸沒了動靜。

「倩姐，睜開眼……」郁小夏在高倩的耳邊說道。

高倩睜開了眼，面前是一面鏡子，鏡子中是一張令她既覺得熟悉又覺得陌生的臉，雖然有些不習慣，但的確是漂亮了許多。

「漂亮吧？」

高倩木訥地點點頭，到現在還未習慣自己化了妝後的模樣。

「來，穿上我這條裙子，一定會讓你更出彩。」

高倩換上郁小夏手上的裙子，對著鏡子轉了一圈，簡直與先前的自己判若兩人。

「哇，倩姐，你真的好美啊……」郁小夏的幾位室友齊聲讚歎，高倩本來底子就極好，只是平時大大咧咧，不愛修飾自己，這下經郁小夏幾人包裝之後，真有點驚豔的感覺。

裙子將高倩的身材完美地襯托了出來，豐滿挺傲的雙丘和挺翹的臀部，勾勒出一道完美的弧度。

「倩姐，我都有點嫉妒你了。」

「壞了，要遲到了。」

高倩一手提著裙裾，一手拉著郁小夏就往樓下衝去，忽然間原形畢露，她就是個大大咧咧的高倩，外表可以修飾，內心卻無法改變。

高倩開車一路狂飆，郁小夏早已習慣了她這速度，安靜地坐在副駕駛座上，不到二十分鐘就到了蜀香村。

她一看手錶，六點二十，不早不晚，泊好了車，和郁小夏下車進了蜀香村。

林東這時已經找好了座位，高倩進來時，他正好背對著他。高倩一眼掃過餐廳，找到了她熟悉的背影。

「他在那兒。」高倩指了指林東的位置，拉著郁小夏朝那裏走去。

「等久了吧，林東。」

高倩和郁小夏在林東對面坐了下來。郁小夏是學美術的，對事物的結構很有把握，自從進門之後就發現這個背影很熟悉，坐下之後看到了林東的臉，忍不住驚呼了出來。

「是你？」

郁小夏一眼就認出了林東，正是上週六給她做裸模的那個男生，不免想到那一幕，俏臉變得通紅。

林東也認出了郁小夏，感慨這世界實在是太小了，這位主顧竟然是高倩的朋友，想到週六那荒唐的一幕，他也覺得頗為尷尬。

「你們怎麼會認識？」

高倩見他倆見面後雙方都很吃驚的樣子，忍不住問道。

郁小夏的耳根都紅了，顯得很局促，在高倩耳邊輕聲說道：「倩姐，這人就是你見到的那幅畫上的人。」

高倩一時明白了，難怪會對畫上的人有熟悉的感覺。

「高倩，你們點菜吧。」林東為緩解眼前的尷尬局面，把菜單推到高倩的面前。

經過短暫的調整，高倩已經恢復了正常，只是郁小夏看林東的眼光仍是怪怪的，老是想起那天豎起老高的東西。

她倆要了蜀香村的幾個招牌菜，諸葛烤魚、劉備椒香雞和張飛牛肉，林東又添了兩道爽口的小菜。

高倩今天晚上很漂亮，林東見到她的那一剎，險些不敢認她，他現在已經漸漸明白了高倩對他的感覺，只是一時還不知如何接受。

因為郁小夏在場，所以這頓飯吃得相當冷清。快要吃完的時候，林東去了趟洗手間，順便把賬結了。

「倩姐，他就是你看上的男人啊？」

林東走後，郁小夏問道，她對林東沒什麼好感，一來這個男人曾經亂了她的畫心，二來這個男人搶走了高倩的心。

高倩點點頭，笑問道：「怎麼樣？還挺帥的吧。」

郁小夏嘟著嘴：「早知道是他，打死我也不來吃這頓飯。倩姐，你可要想清楚了，這男人不是好人。」

「人家哪裏不好啦？」高倩追問道。

「他……」郁小夏歎息一聲：「倩姐，不知道他過不過得了五叔那一關？」

高倩聽她那麼一問，心情沉重起來。她是瞭解自己父親的，能成為高五爺的乘龍快婿，那絕非是等閒之人。

林東付完錢回到座位上，他的心情好了很多，開始和高倩有一句沒一句地聊著。

「高倩，紀建明做股票很有一手，要想在你們組出線很不容易啊。」

高倩笑道：「林東，你也知道的，我對股票沒什麼研究，黑馬大賽我就是重在參與罷了，倒是你，一定要努力，我看到徐立仁那囂張的樣子就不爽。」

快要吃完的時候，林東主動開口和郁小夏搭話。

「小夏，我能這麼稱呼你麼？」

郁小夏點點頭，沒有反對。

「上次真是不好意思，讓你見笑了。」

郁小夏笑了笑，她對林東印象極不好，只是笑笑，並未答話，心裏盤算著怎麼才能讓林東從高倩的生活中消失。

海安證券的營業部，林東穿著T恤和大褲衩，腳上穿著拖鞋，模樣穿得像住在附近的居民。

他帶了個水杯，十點鐘到了海安證券的營業部，那會兒已經有許多看盤的人來了。林東看到今天的人氣很是滿意，他找了一台沒人用的電腦，把銀行卡裏的十萬塊錢轉到了證券帳戶上，以四塊五的現價買了五千股的恒瑞藥業，又以五塊五的現價買了五千股國泰製藥。

玉片已經給了他啟示，他要相信自己的能力。

整個上午，買進的這兩支醫藥股都很低迷，股價基本上沒什麼浮動。林東也懶得盯盤，整個上午都在和散戶大廳裏的大爺大媽聊天。林東這個二十幾歲的小夥子一來，無疑給這些大爺大媽帶來了新的聊天話題。

這一上午林東基本沒閑著，忙前忙後，幫大爺大媽端茶倒水，正因為如此，也贏得了在場大多數人的喜愛，大家都覺得這小夥子不錯。

「小林啊，你那麼年輕，不用上班嗎？」張大爺問道。

林東笑道：「張大爺，您別看我年紀小，其實我是職業股民，上班多沒勁，不如炒股賺錢來得快。」

聽了這話，在場的大爺大媽不少都變了臉色。

「小林啊，股市有風險，現在的行情賺少賠多，還是找個安穩的工作，踏踏實實上班。」

這些人也是覺得林東人不錯，所以為他擔心。林東明白這一點，如果想讓他們徹底信任自己，僅取得他們的好感可不行。

「各位長輩操心了，對了，大家最近可以多多關注醫藥板塊，依我看來，接下來醫藥板塊會有一個比較大的漲幅，所以剛才我買了五千股恒瑞藥業和國泰製藥。」

談到股票，眾人頓時像是打開了話匣子，都來了興趣，把自己浸沉股海多年的血淚史一一講述出來。

「前幾年牛市的時候，我在西門那邊的派出所門口看到一條橫幅，你們猜猜上面寫的什麼？嘿，竟然是『打劫不如去炒股』，哎，現在許多條件都不具備了，恐怕很難再現那幾年的輝煌嘍……」

張大爺說的都是事實，想當年股市牛氣沖天的時候，幾乎全民炒股，大街上掃地的阿姨都擠破頭了去買基金，大家坐下來的話題就是聊股票，買什麼漲什麼，那時候在股市裏賺錢就像撿錢一般。

那一輪大牛市過後，經過了四年多的下跌，人們對於股市的熱情早已所剩無幾，曾經賺的錢又賠了進去，所以現在許多人已經到了談股色變的地步。

林東一一問了眾人現在手中持有什麼股票，他默默記在心底，打算回去之後關注一下那些股票，等到下次與他們交流的時候也有話頭。

下午開盤之後，醫藥板塊異軍突起，林東持有的恒瑞藥業和國泰製藥漲勢洶湧，股價拉升很快，兩支票幾乎是齊頭並進，到收盤的時候雙雙都有百分之五的漲幅。

整個下午，林東就坐在電腦前看盤，偶爾會過去和大爺大媽們聊聊天，眾人都記得早上他提醒關注醫藥板塊的事情，對他炒股的能力有了一定的認識，主動來向他諮詢股票的人明顯多了許多。

醫藥板塊突然起勢，這讓林東更加堅信玉片的預言能力，所以他在下午把帳戶裏剩下的將近五萬塊錢也買了股票，一個版塊的輪動至少也得幾天時間，所以他並不擔心被套。

林東重點關注了強勁對手的股票，雖然漲幅不大，但走勢相當不錯，穩中有升，排名在各小組中都處於靠前的位置。紀建明和崔廣才這兩位好友兼競爭對手都沒讓林東失望，分別佔據了C組和A組的榜首。

林東回到公司，引起了不少人的注目，不僅是因為今天他所推薦的兩支股票收益大漲，更是因為他的這身裝束。在所有證券公司中，標準的裝束是西裝革履，而林東卻是穿著T恤和大褲衩，腳上更是穿著拖鞋。

郭凱作為他的主管，因為明白個中的原因，所以並未過問。倒是徐立仁，一看林東穿成這樣，忍不住出言調侃。

「哎喲，林東，怎麼？改行做水電工了？」

林東朝他望了一眼，雙目之中寒光閃爍，徐立仁十分害怕他的眼神，也就不敢再唧唧歪歪。

剛登上ＱＱ，就看到了高倩向他發來的消息。

「林東，你怎麼穿成這樣？」

林東飛快地在鍵盤上敲了幾行字回了她：「高倩，我這樣做是有目的的，不過事情沒成之前，你可別跟別人說。」

於是就將他進入競爭對手的營業部行銷客戶的計畫告訴了高倩，並且將第一天的成效也說了出來。

「我覺得今天已經取得了海安一部分客戶的信任，最重要的是他們對我的選股能力有了一定的瞭解，我想過不了多久，只要我讓他們賺到了錢，這部分客戶應該是可以帶過來的。」

高倩與林東做客戶的經驗完全不同，高倩依仗家族在蘇城的關係以及自身的特點，根本不需要走專業路線，她只需要將自身的親和力發揮出來，就能做到許多大客戶。而林東不同，他在蘇城一無人脈，二無關係，想要客戶死心塌地跟從，唯有憑自己的實力，讓客戶真真實實地賺到錢。

在高倩眼裏，林東這樣做客戶實在是很累，萬一選錯了股票，那可能就前功盡棄了。但是她並不知道林東有一塊會預言的神奇玉片，所以才有此擔憂。

不積小流，無以成江海。

林東現在的想法就是儘量多做這些小散戶，培養出一幫忠實的客戶，這幫人日後就是他的資源，會幫他搖旗吶喊，帶來無窮無盡的客戶。到時候，他在蘇城證券業打出了名氣，自然也會有大戶上門。

林東與高倩交流了一會兒，高倩是極力支持他的想法的。

「林東，今晚有空嗎？」

林東不知道高倩要幹什麼，只得實話實說：「沒什麼事情，怎麼了？」

「我買了兩張電影票，你陪我去看吧。」

高倩已經下定了決心，打算今晚在看電影的時候跟林東表白。

「好吧。」

「你是不是不願意陪我去看電影啊？我可不要你勉強。」

林東一頭汗，高倩就是說話太直接了：「不是不願意，是因為我之前從未陪過女孩子看電影，所以有點緊張……」

林東說的倒是實話，別說陪女孩看電影了，他連電影院都沒去過幾次，僅有的那幾次也是學校組織觀看愛國教育片。

徐立仁忽然把頭湊了過來，笑問道：「林東，和誰聊得那麼歡呢？」

「高倩。」

徐立仁看到了對話方塊中的名字以及聊天的內容，只覺腦子像是忽然炸開了，簡直令他不敢相信。

一直以來，他都以為高倩對林東的呵護只是出於同情和憐憫，一直以來，他都認為林東只是個從鄉下走出來的土包子，壓根與自己不能相比，可是為什麼……為什麼自己就偏偏輸給了一個，從未瞧上眼的人？

徐立仁百思不得其解，腦子裏亂得很，到底林東哪裏比他強？

「姓林的，老子跟你幹上了！」

徐立仁懷恨在心，同事背地裏說高倩對林東有意思，原來他還不信，沒想到這一切都是真的。

「高倩是我的，林東，你不配！」

徐立仁靠在椅子上，怔怔地盯著電腦出神，腦筋飛轉，冒出了無數個惡毒的主意。

第六章 老年俱樂部

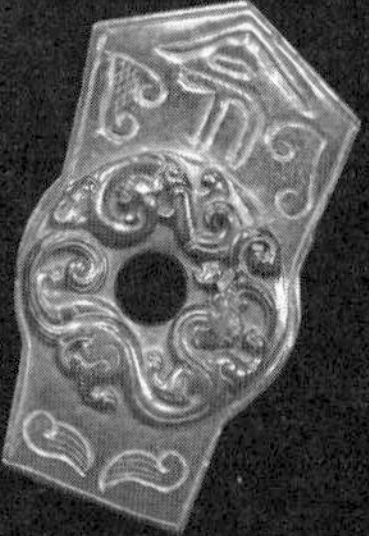

「各位大爺大媽，小林給你們賠不是了。」林東站了起來，鞠了一躬。

「這孩子怎麼突然來這個，到底是怎麼了呀？」

林東開口說道：「其實我並非無業遊民，我是有工作的，我在元和證券上班，進入海安證券散戶廳，只是為了發掘客戶資源，但和各位長輩相處下來，大家對我極好，我不忍心再欺騙各位長輩了。」

下了班後，林東坐著高倩的車到了看電影的地方——未來城，蘇城的一個餐飲娛樂中心。

高倩很興奮，她似乎找到了戀愛的感覺，下了班後和心愛的人一起吃飯看電影，這是多麼愜意的事情啊。林東覺得很奇怪，下車這一路上碰到許多陌生人，這些人好像都認識高倩，但一看到高倩身邊的他，全都緘口莫言，當真是很奇怪。

不知什麼時候，高倩竟然主動拉住了林東的手進了一家韓國館，老闆見高倩落座，本想說什麼，卻被高倩攔住了。

「江叔，簡單點，兩份石鍋拌飯吧，其中一份多加肉。」

林東忍不住問道：「高倩，你跟這一帶的人很熟悉吧？我看他們好像都認識你似的。」

高倩微微一笑，未來城是她父親的產業之一，她是這裏的少東家，稍微有點眼力的人誰不認識高五爺的女兒？

「林東，這些以後你都會知道的。」

既然高倩那麼說，林東也就不再追問。石鍋拌飯很快上來了，高倩把肉多的那份推到林東面前。

「你是男人，應該多吃些肉。」

林東恍惚間似乎產生了錯覺，想起那時候在柳枝兒家吃飯的情景，柳枝兒總是會給他的碗裏夾滿肉，說著和高倩同樣的話。只是不知下一次見面，伊人是否已嫁作他人婦？

「喂，林東，發什麼愣？趕緊吃飯，電影快開始了。」

林東回過神來，看著高倩的目光似乎溫柔了許多。他狼吞虎嚥，把一碗石鍋拌飯吃得乾乾淨淨，一粒米都沒剩下。在他吃飯之時，高倩托著下巴，眼神溫柔地看著眼前的男人，不知怎的，陷入了他的世界裏無法自拔。

林東吃好了，一看高倩的碗幾乎沒動過，問道：「高倩，你怎麼不吃呀？」

高倩這才回過神來，端起石鍋，撥了一半的飯給林東：「我要減肥，你幫我分擔一半。」

林東點點頭，雖然他一直對韓式飯菜不感興趣，但是不知怎的，今天和高倩吃飯的感覺特別好，有點似曾相識的感覺，高倩和柳枝兒是兩種性格的人，但在這一刻，林東的眼裏，這兩人似乎重合了。

吃完飯，兩人來到了電影院。進去之後，林東才發現偌大的放映廳中只有他們兩人。

「高倩，你不是說電影快要開始了嗎？怎麼其他人還沒到？」

高倩笑道：「不會有其他人了，今天這場電影只屬於你我。」

放映廳內的燈光滅了，螢幕亮了起來，只屬於兩個人的電影開始了。放映的電影並不是新片子，而是林東和高倩都曾看過的一部經典電影，周星馳和朱茵主演的《大話西遊》。

林東和高倩很快就沉浸在了電影中，不知何時，高倩再一次抓住了林東的手，這一刻，林東終於確認，這個女孩是喜歡他的。他對高倩很有好感，不僅是因為高倩總是會幫他，更因為和她在一起的感覺，高倩的開朗樂觀總會給他以溫暖的感覺。

漸漸地，林東的心思不在電影上了，高倩的意思已經很明顯了，接下來他該怎麼辦？不知不覺，手心裏滲出了汗……

電影結束了，黑暗的放映廳再次亮起了燈光。

林東的手心汗涔涔的，而高倩卻是一臉的滿足，小手放在林東的掌心，似乎極為留戀。

「高……高倩，我們走吧。」林東有點結巴了，這輩子除了柳枝兒的手之外，他還沒有拉過其他女生的手，心裏是莫名的緊張。

「砰——」

放映廳出口處的大門發出一聲巨響，竟被人生生踹開了，驚醒了沉浸在甜蜜中的一對男女。

三個彪形大漢怒氣騰騰地朝林東走來。

走在前頭的大漢身材高大粗壯，穿了一身黑衣，脖子上掛著一條金鏈子，雙目之中殺氣騰騰，邁步向前，也不說話，直接朝著林東的臉上揮來一拳。

林東早看出來者不善，看清那人的拳路，微微一側身，那人一拳擊空，臉上露出驚愕的表情，實在想不到這個瘦高的男生能躲過他賴以成名的衝拳，想要再次揮拳，卻聽到一直坐著的高倩一聲怒吼。

「龍三，夠了！」

為首的這名漢子是高倩父親高五爺的手下，聽說高倩牽著一個男人包場看電影，他素來對高倩有愛慕之意，當下帶了兩個兄弟就殺過來，可被高倩這麼一吼，立時便耷拉下了腦袋，他是知道自家小姐的脾氣的，弄不好今晚他們哥仨兒就得腦袋開花。

「誰讓你們來的？」高倩氣不打一處來，她好不容易創造出和林東獨處的機會，眼看就要到了最關鍵的一步，竟被李龍三攪合了，若不是林東在場，她真壓不住心中把這幾人大卸八塊的衝動。

林東在一旁看得一頭霧水，想到今晚的種種，可以推斷高倩的家世並不簡單。他不是多嘴的人，高倩未曾說起，他也就不曾問起，不過看眼前的這三人，活脫脫黑社會的打扮，不知高倩怎麼會跟他們扯上關係。

林東做好了應對突變的準備，他握緊拳頭，感受身體內澎湃的力量。雖然對方塊頭比他大很多，但他自信自己的爆發力絕不會比對方差。如果對方突然發難，他就要以快打慢，利用自己的速度與爆發力，一擊之下，務求讓對方喪失戰鬥力。

「小傢伙，別緊張，放鬆些……」

龍三忽然笑了，似乎已看穿了林東的心思，揮揮手，帶著兩名小弟離開了放映廳。

林東長吁了口氣，回頭對高倩笑道：「他們走了，沒事了，沒嚇著你吧？」林東話一出口，又覺不對，高倩分明是和那夥人認識的，但她又怎會認識這些流氓呢？

「我沒事。」別說剛才來的三人是父親的手下，就算是死對頭西郊李瘸子的人，高倩也不會害怕，打架鬥毆的場面，她實在是經歷得多了。

林東主動握住了高倩的手，微微笑道：「真沒見過你那麼膽大的姑娘，感覺到沒？我的手到現在還是冰涼的。」

高倩的心怦怦直跳，心裏小鹿亂撞，全身發燙，哪還會感受到林東手的冰涼。

「林東，你牽著我的手，是什麼意思啊？」

林東努努嘴，活了二十幾年，還沒真正向一個女孩表白過，一時不知怎麼說才好。

「快說嘛，你這是什麼意思？」高倩打破砂鍋問到底，不得到她想要的答案，誓不甘休。

林東豁出去了，深吸一口氣，神色嚴肅地說道：「高倩，我喜歡你。」

他既然下了決心，就不再遲疑，乾脆把自己的想法告訴了對方，高倩是聽得真真切切，若是徐立仁見到這裏的情景，非氣得吐血。

高倩可沒林東那麼羞澀，大聲道：「林東，我喜歡你很久了，終於等到你說喜歡我的這一天了，我好開心啊……」

二人手牽手離開了電影院，因為心情大好的緣故，都覺得餓了，於是就找了一家餛飩店，每人吃了一碗餛飩。吃飯的時候，高倩簡單介紹了一下自己的家庭，母親早逝，父親高五爺是蘇城雙雄之一，未來城就是她家的產業之一。

聽了高倩的話，林東心裏的許多疑問都迎刃而解了，他千猜萬猜，就是沒猜到高倩竟然是黑老大的女兒，這讓他頗有點頭疼，隱隱覺得他和高倩的事情不會那麼順利，前面應該會有許多難題。

吃了宵夜，高倩開車到了大豐新村，死活要去看看林東租住的小屋，一看不禁心疼起來。

「林東，你換個地方住吧，這地方哪是人住的？」

林東笑道：「這地方雖然簡陋了些，但是我住在這裏至少會心安理得，住在你給我安排的地方，我怕別人會罵我是吃軟飯的，我可受不了。」

高倩哀歎一聲，轉念一想，自己喜歡的不正是因為林東身上的那種傲骨嗎？想到這裏，她也就不再勸說林東搬家了，她堅信，林東會通過自己的努力，很快搬離這裏。

送走了高倩，林東洗漱完畢之後，一個人靜靜地躺在床上，敞著門，靜聽屋外蟈蟈的叫聲，忽然想到了柳枝兒，莫名地一陣心痛。

第二天一早，林東給郭凱打了個電話，得到了郭凱的批准，他以後早上就可以不去公司開晨會。他依舊是那副居家穿著，趿著拖鞋就出了門。

過了九點半，林東到了海安的散戶大廳，有幾位熟絡的大爺大媽主動和他打了招呼。

「小夥子，你的恒瑞藥業和國泰製藥快要漲停了，快來看吧。」張大爺戴著老花鏡坐在電腦前，見林東進了大廳，趕緊招呼他過去。

這樣的走勢早在林東的預料之中，他笑著走到張大爺那兒，說道：「張大爺，帳戶裏還有閒散資金嗎？趕緊殺進去，我跟您說，就這兩支票啊，還有一段猛漲的日子。」

張大爺摘下老花鏡，一臉嚴肅地對林東說道：「小夥子，你有多大把握？」張大爺顯然已經動心了。

林東通過這幾天的觀察，判斷張大爺在這群人中還是很有地位的，只要搞定了他，就是搞定了一片。

「張大爺，您要是信不過我，那就少買點，買個一手玩玩，我說得對不對，明天就能見分曉。」

張大爺想了想，這小夥子的話說得很對，買一手也就幾百塊錢，即便是賠光了，對他而言根本不算什麼。「好，大爺相信你。」張大爺輸入了委託指令，買了十手恒瑞藥業，也就是一千股，五千多塊錢的事。

「張大爺，賺了錢可要請我喝茶啊。」林東一臉自信的笑容，張大爺見他這樣，心裏也安穩了許多。

只要玉片上的膠囊圖案不消失，就證明他所持有的兩支股票的股價還會上揚。林東不必擔心股票的事情，看了一會兒盤，就到休息區坐了坐，和一群蘇城本地的大爺大媽聊聊天，爭取和這裏的群眾打成一片，順便學習學習當地的方言。

大盤的指數依舊在下跌，反彈無力，卻湧現出許多耀眼的個股，中午收盤之後，林東看了一下兩市的漲跌幅情況，醫藥板塊明星閃耀，湧現出多支強勢股，整個板塊上攻的趨勢依然堅挺有力，更加堅定了林東的猜想。

「玉片啊玉片，你果然是我的財神爺……」

「五爺，您管管吧，那小子無錢無勢，竟然膽敢勾引大小姐，實在該死！」李龍三垂手立在一名中年男子身旁，那男子躺在軟榻上，頜下蓄著一綹黑黑的短髯，聽了李龍三之言，虎目微微睜開，李龍三渾身不禁一哆嗦，只覺背後寒風吹著脊樑骨陰冷得很。

「倩倩交朋友了？」

高五爺從軟榻上坐了起來，理了理梳得一絲不亂的大背頭，比起螢幕上的發哥，更多了幾分殺氣，這些年隨著年歲漸長，已經內斂了許多。

李龍三趕緊奉上香茗，高五爺接過定窯出產的白釉茶盞，漱了口，李龍三又雙手捧著白色濕巾，等高五爺擦了嘴，方才開口說道：「倩小姐的確是交男朋友了，今晚在未來城，我和土狗兒兩兄弟親眼所見。」

「龍三，把那小子的底細給我調查清楚了，越詳細越好。」高五爺吩咐道。

李龍三一點頭：「五爺，我一定把那小子的祖宗八代都給您查出來。」

高五爺揮揮手，李龍三識趣地退了出去，空蕩的客廳內只剩下高五爺一人，他拿過手機，撥通了女兒高倩的電話。

「倩倩，老爸聽說你交朋友了，我很想見見那小夥子，你安排一下，看看什麼時候帶回來。」

高倩猜到父親這麼晚打電話肯定是有事情，她早已準備好接受父親的質問，卻不料父親竟然未反對，實在不符合他做事的風格。

「老爸，這太早了吧，我們才剛開始。」

「呵呵，你是要老爸自己請他來嗎？」

高倩聞言一驚，父親的手段，她是瞭解的，當下連忙說道：「老爸，不勞煩你了，我跟他商量商量，如果他敢說一個不字，我捆也把他捆了去。」

客廳裏迴盪著高五爺洪亮的笑聲：「好說，這話才是我高紅軍的閨女。」

父女通完了電話，高倩陷入了惆悵之中。高五爺一直希望她能嫁給高官之後，尋得政治上的靠山，日後對高家的生意也會有莫大的好處，在她心中，父親是個說一不二的人，雖然因為母親早逝，對她寵愛有加，但是對於婚姻大事，高倩知道，父親一直有自己的想法。

「煩死了，想那麼多幹嘛，睡覺。」高倩本是樂觀開朗的性格，最討厭煩心的事情，當下把問題拋在腦後，蒙頭大睡。

高五爺擱下電話，陰著臉，心裏盤算著怎麼給林東來個盛大的見面禮。

週四上午，林東一到海安的散戶廳，就被張大爺一群人圍住了。

「小夥子，昨天下午恒瑞藥業漲停了，今天一開盤，嘿，好傢伙，繼續漲停，老頭子該請你喝茶嘍。」張大爺一臉的興奮，賺錢的感覺就是爽，林東未到之前，他已經把林東吹捧了一番，在眾人心中，林東儼然已經是個高手形象。

「張大爺，放心持有。」

林東心情大好，恒瑞藥業和國泰製藥在昨天雙雙漲停，今天又繼續漲停，他已經成為黑馬大賽中最閃耀的黑馬王，引起了公司許多人的關注，把其他參賽者遠遠甩在身後，晉級八強已經不是問題。

林東在散戶廳內的電腦前坐了下來，打開李庭松給他使用的帳戶，帳戶裏的股票市值已經多了不少，短短幾天，他就賺了一兩萬，心裏對玉片的感激又多了幾分，這樣下去，他何愁不發財？

一上午，林東就坐在電腦前，但是卻不斷有人來找他諮詢股票的事情，在這些人心中，林東雖然年輕，但是選股的眼光卻非常獨到。

林東不想多費口舌，直接說道：「我買什麼，您就買什麼，跟我走，不會錯。」

有些大爺大媽本來還心存擔憂，但經一旁的張大爺一說，紛紛跟著林東買了股票。

「你們怕個鳥啊？你瞧我，早跟小林買早賺錢。」

「不是啊，老張，做股票最忌諱的就是追高殺跌，這兩支票已經漲了許多了，我們進去不會被套吧？」

林東笑道：「放心吧，股價再高，只要它有繼續攀升的潛力，咱們買了都不會錯。等到出貨的時機到了，我會通知大家。」

聽了林東之言，有幾個七八個膽子稍大的大爺大媽也不再猶豫了，紛紛下單買入恒瑞藥業和國泰製藥。

肯跟隨林東買股票，說明這些人已經在心底對他有了足夠的信任，再過幾天，就該是收網的日子了。收獲在即，林東心情大好。

中午的時候，錢四海給林東打了電話。

「小林，你推薦的恒瑞藥業和國泰製藥果然牛啊，這下我又賺了不少。」

錢四海現在對林東言聽計從，林東再一次以他神乎其神的薦股能力征服了他，老錢現在對林東簡直是佩服得五體投地。

「錢先生，你之前不是說要給我介紹客戶的嗎？怎麼樣，有消息了？」

老錢嘿嘿一笑：「是啊，我一哥們也想跟著你做股票。」

林東端了端架子：「小散戶我可不要，資產低於七位數的，我沒工夫服務。」

老錢道：「要是個小散戶我哪好意思提啊？我這哥們，帳戶裏小三百萬呢。」

「那行，我會好好服務他的，辦好轉戶手續後讓他打電話來找我。」

林東剛收了電話，又接到了高倩的電話。

「林東，你還在海安的散戶廳嗎？我在附近的星巴克，還沒吃午飯吧，你過來吃點東西吧。」

「好的，我知道地點，你等我，馬上到。」

自從和高倩確定了關係，兩人之間的話題似乎就多到說不盡了，這不，高倩趁著中午休息就來找林東了。

林東趕到星巴克，坐到高倩對面，兩人邊吃邊聊。

「週末你有空嗎？」高倩冷不防地問了一句。

林東答道：「我閑得很，大小姐有何吩咐？」

高倩冷著臉，神色嚴肅：「不跟你開玩笑，我爸爸要見你。」

「高……高五爺要見我？」

林東雖知道遲早有那麼一天，卻沒想到這一天來得那麼早，乍聽之下，險些被嘴裏的食物噎住。

「對，你沒聽錯。林東，你想想怎麼辦吧，我說在前頭，我爸可不是好對付的人，那天他說出什麼話做出什麼事，你都得擔待著。」

「那是自然，畢竟他是你爸爸嘛。」

林東點點頭，心裏幻想著和這位蘇城大佬的第一次碰面，不知會碰出什麼樣的火花。想著想著，除了焦慮之外，心中竟然升起幾分興奮。

「對了，今天溫副總問起你來著。」高倩無意一說，卻不知溫欣瑤關注林東已久，不僅因為近來林東搶眼的表現，更因為林東給她帶來的奇異感覺，令這寡居多年的婦人心裏蕩漾了起來。

「問我什麼了？」林東饒有興趣地問道。

「也沒什麼，她好像對你挺關心的。林東，你老實說，是不是你對溫副總做了什麼？」

林東一頭汗：「大小姐，你別瞎猜了好不好。」

高倩甜甜一笑：「有本事的男人多幾個女人也無所謂，我爸爸就是啊，他身邊從來不缺女人。」

林東試探性地一問：「這麼說，只要我有本事，也可以三妻四妾嘍？」

高倩深沉地笑了笑：「你說呢？」

女人心，海底針，林東實在搞不懂女人的心思，只好悶頭吃東西。

送走了高倩，林東就開始為和高五爺的第一次見面犯愁了，雖說高五爺名震江南，錢財無數，但這畢竟是做晚輩的第一次去見他，總不能失了禮數，禮品總是要帶上一些的。

但到底送什麼禮物，這就難為死林東了，他可揣摩不透這大佬的心思。

回到海安的散戶大廳不久，林東就坐不住了，眼看就快到週末了，沒多少時間思考，必須把送高五爺的禮物敲定下來。在他的心裏，還是非常重視這次見面的。

鬼使神差的，林東忽然想到了古玩街，打算先去物色物色，一旦相中了中意的物件，就算兜裏沒錢，也可以先從李庭松那裏拆借點過來花。打定了主意，林東就不再遲疑，拎著水杯往外面走。

坐了幾站公車，就到了古玩街。林東路過集古軒的門口，店門忽然開了，傅家琮走了出來，一眼就看到了林東：「小林？」

林東就把實情說了：「傅大叔，本不想叨擾你的，沒想還是碰到您了。」

傅家琮越聽越是心驚，高五爺的名聲他不可能不知道，林東能在那麼短的時間內和高五爺的女兒走到了一起，實在是出乎他的意料。從這件事上看，他不得不佩服自家老爺子的眼光，林東這小子的確不簡單。

「道上人義字為天，最講究的就是義氣，最敬重的是忠義無雙的關二爺，小林啊，不如你送一尊黃楊木雕關公像給他，我想應該會合他的心意。」傅家琮給出了建議。

林東一拍手掌：「對啊，我怎麼沒想到？送關公好！傅大叔，那個什麼木雕關公像多少錢？」

傅家琮笑了笑：「呵呵，叫黃楊木雕關公像，只是一塊木雕而已，不貴，三百塊錢吧。」

林東一聽才三百塊錢，倒在他的承受範圍之內，就問道：「傅大叔，這黃楊木雕關公像哪裏有賣？」

傅家琮轉身走進櫃檯裏，彎腰拉開一個抽屜，從中拿出了一個木盒，打開木盒，裏面正是一尊關公木雕像。

「你也別去他處找了，我這裏就有。」他把盒子蓋好，推到林東面前。

林東看了看，他雖然不懂得辨別文物，但光從盒子來看，色澤深沉，紋理細密，應該是個老物件，散發出陣陣好聞的木頭香氣。

「這個東西真的只要三百塊錢？」林東有點不敢相信，那麼好的東西怎麼會那麼便宜呢？

傅家琮笑道：「聽過『只有錯買，沒有錯賣』這句話吧？如果真的是好東西，我幹嘛賤賣給你，你說是吧？」

林東想想也是這個道理，傅家琮跟他非親非故，人家開門做生意的，豈有不圖利的？當下掏出三百塊錢給了傅家琮，取了東西本打算告別，卻又被傅家琮拉著閒聊。

傅家琮看似有一句沒一句地問著，其實在閒聊之中已將林東的基本情況問了個遍，與他調查到的情況相差不大。

「這股市已經熊了好幾年了，現在的工作不好做吧？」傅家琮喝了口茶，問道。

林東點點頭，笑道：「是啊，特別是證券公司的業務步履維艱啊。好多股民早已對市場失去了信心，這是讓我們最頭疼的問題。」

「我倒是認識一些朋友，他們手上都有些股票的，要不改天介紹給你認識認識？」

林東大喜過望，以傅家琮的身家地位，他的朋友絕不會差，應該個個都是資產豐厚的大散戶，別說一些，就算是介紹一兩個，那也夠林東樂上一陣子了。

「傅大叔，那就麻煩您費心了。您的朋友就是我的上賓，我林東別的不敢保證，可有一點可以保證，我一定可以幫他們在股市上賺錢。」

若是換了別人，肯定覺得林東這小子是在胡吹，可傅家琮不是別人，他的家族屬於天門八將，他已經知曉了林東的身分和那塊神奇的玉片，明白在林東身上發生什麼都是有可能的。

為了家族能在他的手上興盛，傳家琮決定盡最大的力量幫助林東。若是能夠扶植起一代財神，那回報可不是金錢可以計量的。

「有你這話我就放心了，小林，回去等我消息吧。」

林東從集古軒出來之後，看了看時間還早，也不急著回公司，抱著木盒子去了一趟駐點的銀行，已經有幾天沒去了，再不露面，人家該以為他離職了。

到了銀行，林東和銀行的員工打了一圈招呼，直接上樓去了行長辦公室。

「張行長，最近股票做得怎麼樣？」

林東是知道的，這個張行長股票帳戶裏有近百萬的資產，以前一直覺得行長高高在上，不敢接觸，但得了財神御令之後，不知不覺中他變得有底氣很多，整個人看上去自信滿滿。

「哦，小林啊，哎，一提股票我就頭疼，天天虧錢，這指數什麼時候才能止跌啊？」張振東一臉悲慘，的確是在股市裏賠了不少錢。

「張行長，咱炒的是股票，又不是買的指數，只要選對了股票，那還不是照樣賺錢？」

張振東點點頭，「你說得有道理，但茫茫股海，股票可不是那麼好選的。」

林東笑了：「張行長，您放心，以後我負責給您選股票，您也別急著買，先觀察幾次，如果我選得準，以後您就跟著我買。」

「好啊！真要是讓我賺錢了，我肯定給你介紹幾個客戶。」張振東嘴上雖然那麼說，但心裏卻犯著嘀咕，心想這毛頭小子在證券公司混了半年就當自己是股神了，也未免太天真了，所以並未把林東的話放在心上。

又到了週五，黑馬大賽第一周的最後一天。除了林東所在的D組之外，其他各組戰況膠著，沒到最後一刻，都無法輕言勝負。林東所推薦的恒瑞藥業和國泰製藥，因為連續幾天的漲停，已將同組的選手甩開了一大截。也因為如此，暗地裏已經有許多雙眼睛在默默注視著他。

除了美麗的副總溫欣瑤之外，那些炒股票有一套的同事均將林東列入了重點關注名單。在元和證券的歷史上，還沒有人如林東這般閃耀，所推薦的股票竟然連續多天漲停。

週五的早上，除了林東自己，還有許多雙眼睛也在盯著他所推薦的兩支股票。時間一分一秒過去，穿著大褲衩的林東倚靠在椅子上，正喝著一瓶冰鎮飲料。這一瓶七八塊錢的飲料，林東是決計不捨得買的，但他一大早到了公司就發現有人放在了他的桌上，不用想，肯定是高倩幹的。

徐立仁劈劈啪啪按著滑鼠，盯著螢幕的目光惡毒無比，他這幾日一直在跟蹤林東，已經摸清了林東每天的去向，只是他還不知為何林東每天會到海安證券的散戶大廳。

九點半一到，恒瑞藥業和國泰製藥繼續保持強勁的上揚態勢，雙雙漲停。

紀建明歎了口氣，對坐在旁邊的高倩道：「林東這小子，不鳴則已，一鳴驚人吶。」他這話道出了公司許多同事的心聲，這次的黑馬大賽，最閃耀的明星就屬林東了。

聽了別人讚賞林東的話，高倩的心裏自然是極高興的：「老紀，你也挺厲害的。我看林東啊，他多半是行大運了。」

徐立仁聽了，立馬附和：「高倩說得對，林東這小子真是走狗屎運了。」

紀建明笑了笑，心想徐立仁這傢伙情商也太低了，竟然聽不出高倩話裏的意思。

這時，林東收拾好了東西，剛打算出門。

「喂，你們誰是林東啊？」

一個彪形大漢挺著老大的將軍肚，一臉的橫肉，衣服上沾滿了油漬，粗壯的手臂油光光的，拎著一個同樣沾滿油污的布包。

辦公室裏人的目光都被這突然闖入的傢伙吸引去了，林東站了起來，朝那人走去。

「先生，您好，我就是林東，請問有什麼事嗎？」

「噢，你就是林東啊，俺是老錢介紹來的，俺要開戶啊，你看，錢都帶來了。」說完，那人把手裏拎著的布包往地上一放，拉開拉鏈，露出一疊疊百元大鈔，據目測，不低於五十萬元。

「哇，好傢伙！這回我是開眼了。」

辦公室裏不少同事發出了驚呼聲，自從元和證券成立以來，還沒有一個拎著這麼多現金上門開戶的人。

「整個一暴發戶啊！」徐立仁感歎道，剛說完林東走狗屎運了，立馬就有人提著幾十萬現金來找他開戶，自己這張嘴也太欠抽了。

這個屠夫模樣的暴發戶提到了老錢，林東就明白了，應該是錢四海介紹過來的。不過上次電話裏錢四海說的朋友要去轉戶，難道不是同一個人？

「先生貴姓啊？您是錢老闆的朋友吧，久仰了。」林東客套了一番。

那傢伙握住了林東的手，林東只覺這人掌心油膩膩的，說不定真是個賣肉的屠夫。

「俺姓屠，俺和老錢是一個菜場的。俺賣肉，他賣菜，他說跟你賺了很多錢，俺眼紅了，所以就過來尋你了。」

果然不出眾人所料，這冒冒失失的傢伙真是個賣肉的屠夫。林東瞧他模樣，應該對股票一無所知。

「屠先生，請問您之前接觸過股票嗎？」

老屠搖搖頭：「俺聽說過，前些年可火了，好多人炒股票賺發了。」

「也就是您本身並沒有接觸過股票，是嗎？如果那樣的話，我勸您做一些固定收益類的理財產品，炒股票風險很大，弄不好可能會血本無歸。」

辦公室的同事聽林東這麼說，簡直要抓狂了，哪有把送上門來的客戶往外推的道理？林東這小子不會是哪根筋搭錯了吧。

一切向錢看，固然能在短時間內得到更多的錢財，但這不是林東的理念。不違本心，方得始終。

設身處地為客戶著想，用心將客戶的利益最優化，把最合適的產品推薦給客戶，這樣才能俘獲客戶的心。

從客戶身上牟利，應當如割韭菜一般，割完一批還有一批，而不應該是拔苗。

這就是林東的心得。

老屠本身也沒什麼主意，聽林東說有其他產品，立馬就問道：「林經理啊，俺聽你的，只要能讓俺賺錢就行。」

林東笑了笑，老屠雖然看上去一臉凶樣，其實卻是個極好相處的人：「一年百分之十的收益怎麼樣？」

「一年百分之十，十萬就賺一萬，一百萬就賺十萬，不少啊……」老屠心裏默算著。

「這個產品風險其實不大，為期一年，它的擔保方是市政府，但是起點比較高，要一百萬起。如果您買一百萬，到期之後，您拿到的本金加利息應該是一百一十萬元。」

「嗯，好。我買三百萬。」

老屠話一出口，辦公室內響起了一陣驚呼聲。這個信託項目，每賣出一百萬就有一萬的獎勵，林東一下子賣出三百萬，那就是三萬塊的獎勵啊，可是許多人半年的工資啊！怎能不讓人紅眼？

林東領著老屠到了公司信託專員陳健那裏，由陳健帶著老屠去辦各項手續。回到辦公室，掌聲雷動。

林東壓抑著激動的心情，面色沉靜，坐在電腦前喝了口水。這時，手機響了。

「喂，小林啊，今天怎麼沒過來？」

電話是張大爺打來的，他們這群人已經把林東當成了主心骨，一見林東沒來，心裏空蕩蕩的，忍不住就打了電話過來。

林東心情極好，笑道：「張大爺，上午有點事情，忙完了我就過去。」

林東收拾好東西，高倩搶先一步出了門，等到他出了辦公大樓，高倩的白色奧迪已經停在了門口，正等著他。

「上車吧，我送你去海安。」高倩搖下車窗，帶著墨鏡，頗有點大姐大的味道。

林東坐在副駕駛座上，高倩一踩油門，奧迪車咆哮著奔了出去。

「倩，我現在越看你越覺得你有點匪氣。」

聽了這話，高倩不以為忤，反而笑道：「那是，你也不瞧瞧我是誰的女兒？」

林東忽然想到了與高倩性格截然相反的郁小夏，問道：「你的那個好姐妹姓『郁』，不會是郁天龍郁四爺的女兒吧？」

「小夏正是郁四爺的女兒，你腦瓜子不錯啊。」

林東愣住了，蘇城道上兩大佬的女兒他都認識了。

「別忘了啊，這周日中午，高五爺有請。」高倩提醒了一句。

林東在離海安證券不遠處下了車，拎著水杯晃悠悠朝散戶大廳走去。高倩在車內目送他遠去的背影，眼中滿是愛意。

剛進散戶大廳，林東就被一群大爺大媽圍住了，他掃了一眼，圍著他的這群人都是昨天信了他的話買入股票的。

「同志們，小林來了……」

林東一愣，問道：「張大爺，這是怎麼回事呢？」

張大爺笑道：「小林，我們幾個早上商議，決定一起請你吃頓飯，地點都訂好了。」

林東倒是沒想到會有這麼一齣，摸頭笑了笑：「各位長輩，不用那麼客氣吧？」

「要的要的，咱們還等著以後繼續跟著你賺錢哩。」

眾人七嘴八舌，林東招架不住，只好認了，他心裏也因此突然萌生了一個主意。

到了中午，一群人簇擁著林東，直奔張大爺家裏去了。林東本以為會是在飯店吃飯，沒想到竟然是張大爺家。張大爺老伴死得早，兒女們都住在別處，空蕩的一個大院子只有他一個人住。

張大爺住的地方挺像個四合院，白牆青瓦，牆外爬山虎長得正盛，爬滿了半邊牆壁。院子裏搭了一個木架，絲瓜、葡萄等植物順著木架生長，枝繁葉茂，遮下了一大片陰涼。

「張大爺，您這地方真有點世外桃源的感覺。」

林東讚歎一句，能在蘇城的市區找到這樣的一處宅院，的確不易。如今住宅商業化，許多人都住進了高大的公寓內，失去了親近自然的機會。張大爺這裏卻不一樣，花鳥草木都有，就像林東老家的院子，微風吹來，草木的香氣便蕩漾了開來，吸入鼻中，令人神清氣爽。

「小林，你是不知道，老張退休之前是在園藝單位工作的，你看那院子裏的花花草草，多漂亮啊，一般人哪會打理那麼好。」

林東一眼望去，姹紫嫣紅，五光十色，真是美不勝收。

這時，一群大爺大媽挑菜的挑菜，淘米的淘米，殺魚的殺魚，忙活成了一片，倒是林東一人閑著無事，只能東看看西看看。

張大爺從外面沽了兩瓶黃酒回來，招呼林東一起擺放桌椅板凳，就在木架下的陰涼處設席。

中午時分，烏雲遮住了日頭，天色漸漸暗淡了下來。

瓜架下，一道道熱氣騰騰的家常菜擺上桌來，絲瓜炒毛豆、清蒸鯿魚、韭菜炒蛋、青椒肉絲、芹菜炒香乾、番茄蛋湯等，散發出誘人的菜香。

菜已上齊，張大爺招呼眾人落座，林東雖然年紀最小，卻被張大爺按在了朝門的位置，按著蘇城的規矩，那個位置是留給最尊貴的客人的。

「各位大爺大媽，我真是惶恐啊，如坐針氈。」林東端起酒杯：「來，我先乾為敬。」

咕嘟一口，一飲而盡。

張大爺作為主人，今天心情格外好，端起酒杯：「我這院子平日裏冷冷清清，我一個孤老頭子住得也孤單，很希望能有人常來走動，今兒個大夥兒都在，我真開心。」

張大爺說著，眼淚就下來了，這就是老人的悲哀，雖有兒女，卻常不在身邊，老伴走了，只剩自己孤單一人。

林東忽然間明白了，難怪散戶大廳裏有那麼多的大爺大媽，看盤倒是其次，重要的是那裏的人氣。他想到了父母，自從上了大學，每年在家的時間很少，等到賺了錢，一定買一個大房子，把父母接過來同住，以盡孝道。

起風了，天色更暗了，像是要有一場雨。

瓜架下四處通透，涼風吹來，瓜葉搖動，甚是舒爽。

眾人邊吃邊聊，不知不覺間，林東與他們的關係又親近了幾分。在場的都是孤寡老人，很容易聊到一塊去，林東又是個極孝順的孩子，聊到了家裏的父母，談及對父母和家鄉的深切思念，眾人直誇他是個好孩子。

「我提議啊，咱們不如定期搞個這樣的聚會。張大爺這兒的環境不錯，可以作為長期的據點。大家意見如何？」林東突發奇想，說出了自己的想法。

「這主意好啊！」眾人紛紛應和。

「愛打牌的打牌，愛做飯的做飯，各取所樂。就像信耶穌的做禮拜一樣，咱們可以一星期搞一次聚會。」向來很有主意的張大爺拍板了：「週末的時候大家可能都要和兒孫們團聚，那咱們就定在每週三吧。」

眾人並無不同的意見，林東沉吟了一下，說道：「張大爺，以後你這兒改成『老年俱樂部』得了。」

「好啊，吃完飯我就去尋塊板子，在上面寫上『老年俱樂部』這五個字，然後把板子掛在大門口。」

眾人談興越來越高，菜早已涼了，卻沒有人離席，不知何時下起了雨，好在張大爺搭瓜架的時候在頂上放了石棉瓦，不會有雨漏下來。

「各位大爺大媽，小林給你們賠不是了。」林東忽然站了起來，鞠了一躬。

「這孩子怎麼突然來這個，到底是怎麼了呀？」

林東開口說道：「其實我並非無業遊民，我是有工作的，我在元和證券上班，進入海安證券散戶廳，只是為了發掘客戶資源，但連日來和各位長輩相處下來，各位長輩對我極好，我實在不忍心再欺騙各位長輩了。」

林東說的是實話，今天這個場合，眾人都很開心，選擇在這一刻表露自己的真實身分，會更容易讓人接受。

張大爺笑呵呵道：「我當是什麼呢，就有什麼大不了的。小林，你讓大傢伙賺錢了，那是實實在在的事情，大夥兒心裏感激你。我老張帶個頭，下星期就轉戶去你那裏，不過話又說回來，你可要好好服務我，該推薦的股票一個都不能少。」

林東笑了，張大爺既然開了口，其他人肯定會跟著做，海安的這群散戶他是要定了。

眾人交頭接耳商量了一下，紛紛表示贊同的做法，決定下週一一起去轉戶。

「謝謝各位長輩了。」林東話不多說，又鞠了一躬：「我一定盡心盡力，讓大夥在股市裏撈到錢。」

經過一星期的相處，張大爺一群人對林東選股票的手段早已經有了深刻的瞭解，對他的話是深信不疑，深知跟著他，賺錢是一定的。

林東又把轉戶的一些細節交代了一下：「如果順利的話，轉戶一天就能搞定，如果對方券商故意拖延的話，那得需要兩到三天的時間。」

老張頭指了指喬大媽，笑道：「小林啊，你放心，有你喬大媽這張大嘴在，海安這頭要是敢拖延，你喬大媽非罵得他們營業部雞飛狗跳不可。」

喬大媽哈哈笑了幾聲，「嘿，你個老張頭，敢情知道我喬大嘴的用處了？」

眾人一哄而笑。

驟雨初歇，林東一看時間不早了，便起身告辭。

「各位大爺大媽，這個成立老年俱樂部的事情是我提議的，以後我一得空也過來參加。今天時間不早了，我得回公司去了。」

老張頭揮揮手，「小林啊，你有事就去忙吧，不用管我們這些老頭老太。」

臨行前，老張頭取了一把油布黑傘給他。

第七章

高五爺家的點心

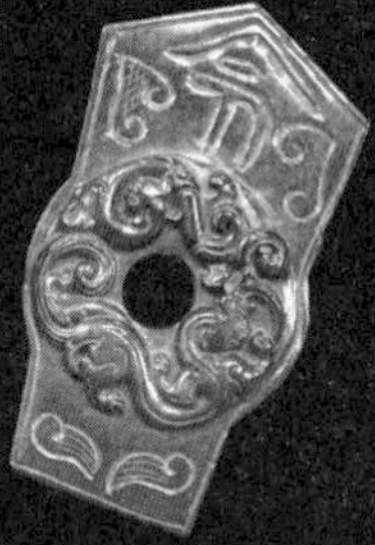

「龍三，上點心。」

李龍三端了一盤黑乎乎的東西，放在林東面前。

「這是……蜈蚣？」看著盤子裏還在蠕動的多足蟲子，這就是高五爺所說的點心嗎？這分明就是蜈蚣。

林東只覺頭皮發麻，心悸欲嘔，難道是要他吞下盤子裏的蜈蚣不成？

到了公司，林東還未坐穩，就聽到財務孫會計叫他的名字。

「林東，林東在不在？」

林東放好東西，進了財務辦公室：「孫大姐，您叫我？」

孫會計手裏拿著三疊鈔票，放到林東手裏：「林東，這是上午那個客戶買信託的提成，你點點。」

三百張的百元大鈔，拿在手裏是沉甸甸的感覺，林東還從未拿過那麼多的現金，他舔了舔嘴唇，有些口乾舌燥的感覺。元和證券為了給員工避稅，一般發放產品銷售提成的時候都是直接給現金。如果走正常管道，林東這三萬塊錢可要交一筆不小的個人所得稅。

他自然不會去一張張數，孫會計是老會計了，做這點小事怎麼可能會出差錯。

「孫大姐，我就不點了，您多給我的，我也不退給您了。」

孫會計白了他一眼：「貧嘴，趕緊拿著錢去銀行存了，身上放那麼多現金不安全。」

從財務辦公室走出來，同事看到林東手裏抓著的三疊百元大鈔，一個個都紅了眼。

徐立仁恨得牙根癢癢，最近這段日子，林東出盡風頭，徐立仁完全就成了陪襯。

林東卻在想，再過一個多月，就到了老家淮城收割水稻的時候了，收割完水稻，接下來就是秋種，需要一筆購買種籽、肥料的錢。為了供林東上大學，家裏欠下了許多外債，至今還未還清。

林東清楚，雖然父親就像個不知疲倦的老黃牛，一輩子辛勤勞作，可畢竟收入微薄，賺來的錢大多數都拿去還債了，家裏根本沒有餘錢購買種籽和肥料。為了籌措秋種所需的物資，父母不得不腆著老臉四處借債。

拿了三萬塊錢的銷售提成，林東第一個想法就是給家裏寄點錢。他從辦公室的抽屜裏找到了一個黑色的環保袋，把錢放進袋子裏，提著錢出了公司。

元和證券對面就有一個郵政儲蓄所，林東過了馬路，進了郵儲，年輕漂亮的大堂助理引著他來到填寫匯款單的地方，在匯款金額的地方，他端端正正地寫上了兩萬元整。

數目雖然不大，但這畢竟是他頭一次給家裏匯款，那種能為家裏分擔的滿足感是不可言喻的。

匯了款，林東回到公司，黑馬大賽第一周的比賽已經結束，周竹月把各組的收益情況統計出來，發到了公司的ＯＡ裏。

Ｄ組的勝負早已沒了懸念，黑馬大賽第一周，林東不僅在本小組取得了第一名的收益，在八個小組之中，他的排名也是穩穩居於首位。

林東看了一下其他各組的排名，那些被他列入重點關注對象的同事果然不負所望，成績驕人，紛紛晉級。唯一出乎他意料的就是Ｆ組的徐立仁，這傢伙看來並不完全是個草包，國發電力這一周成績不俗。

他卻是不知，徐立仁大學裏讀的是金融專業，大學四年，參加了多次模擬盤操作比賽，取得了不錯的成績，因此實力並不弱。

「茫茫股海誰最牛，當屬元和劉大頭。」

紀建明念了一句順口溜，他口中的這個「劉大頭」名叫劉大江，因為頭長得比一般人大很多，因而同事們都叫他「劉大頭」。劉大頭是去年黑馬大賽的冠軍，這傢伙頭大肚圓，不過裝的卻都是真才實學，三千來支股票，任你隨意提一支，他能立馬準確地報出對應的代碼，單憑這份博聞強記的能力，就足夠令人驚歎。

「大頭？嘿，去年元和沒有我徐立仁，才讓劉大頭拔了頭籌，今年既然我徐立仁來了，還有大頭啥事？老紀，瞧好了，看我怎麼把劉大頭挑落下馬，定讓大頭那廝發出『既生瑜，何生亮』的感慨。」

紀建明駁他一句：「徐立仁，你這傢伙，無知小兒啊，等你見著大頭的厲害了，就該知道你剛才說的話是多麼狂妄。」

徐立仁冷冷一笑，劉大頭雖然也晉級了八強，但從他推薦的股票來看，只是走勢平穩，穩中有升，並不強勢，在他看來，劉大頭能夠晉級，只是托了這一波下跌行情的福。

又到了週末。這個週末並不輕鬆，整個週六一天，林東都在為明天去見高五爺而犯愁。論家世，高五爺是蘇城道上的半邊天，地位尊貴，而林東不過是個外地的毛頭小子，無錢無勢。

他和高倩的交往，門不當戶不對，即便是招來高五爺的反對，也是情理之中的事情。不過林東仔細一想，若是高五爺真的極力反對，那麼就不會要求和他見面。

林東左思右想，高五爺這樣做只有一個解釋，那就是他想瞭解林東這個人，除了家世之外，這個人所具有的素質。

雖從未謀面，林東卻已開始揣摩這位蘇城大佬的心思了。只有知道了高五爺的真正想法，他才能想出應對之法。

匯給家裏兩萬塊之後，林東手裏還剩下一萬塊錢。他留了兩千塊錢零用，把剩下的八千塊存到了工資卡裏。週六上午，他帶著兩千塊錢出了門，打算給自己置辦一套像樣的行頭。

逛了一個上午，林東在一家品牌折扣店裏買了一件白色的襯衫和黑色的西褲，又去鞋店裏買了一雙真皮皮鞋，三樣東西一共花了一千一百多塊，對他這個從山村裏走出來的小夥子來說，那絕對算得上是敗家了。

不過，為了給高五爺留下好印象，林東覺得該花的時候還是得花的。

回到家之後，林東把新買來的衣服鞋子換上，對著鏡子照了照，果然是人靠衣裝，那感覺立馬就不一樣了，英俊帥氣了許多。

顧影自憐了一番，林東趕緊把新衣服脫了下來，聽人家說新買來的衣服要洗一次才能穿，於是他就將新衣服洗好晾了起來，掛在院子裏風吹日曬，想來不需半天的工夫就能曬乾。

處理完這些瑣事，已將近傍晚，林東左右無事，和高倩通了一會兒電話，記下了她家的地址，然後便去大豐新村的廣場處溜了一圈，草草解決了晚飯問題。廣場上人頭攢動，穿梭著各色人群，因為到了暑假，許多在外打工的農民們把留在老家的孩子接到了身邊，所以廣場上多了好些小孩，歡聲笑語，倒是給這片地方平添了幾分樂趣。

看似漫無目的地逛著，但林東的眼睛卻一刻也沒閑著，他在人群中四處搜索，希望可以與賣玉片的老者重遇，以解答心中諸多的疑惑，不說別的，就說手心那塊形似圓月彎刀的印記，就足夠讓林東煞費腦筋的了，已經那麼多天過去了，這憑空多出來的印記，卻沒有一點消失的跡象。

令他失望的是，無論他多麼努力地尋找，那老頭就像是憑空消失了一般，再也未出現在這片廣場上。

「罷了，有心栽花花不活，無心插柳柳成蔭。茫茫人海，我去何處尋他？順其自然吧。」

又一次的搜尋無果，林東暗自開解了一番，收拾心情打算回去。

在回來的路上，他仔細想了想，卻又害怕見到賣玉片的老者。不說這玉片神奇的預言能力令他可以縱橫股市，得到這玉片之後，林東漸漸發覺，自己的身體狀況是越來越好了，本身就很強壯的他，如今時時刻刻都覺得體內有使不完的力氣，精力充沛到每天只睡兩三個小時也不會覺得困倦。

如果這個時候，那老者突然出現，要林東歸還玉片，那他又該如何？雖說這玉片是林東花錢從他手上買來的，但他知道，玉片豈是區區一百塊錢可以買來的，所以心裏不免有撿了大便宜之後的心虛。

若真是發生了設想中的事，林東權衡之後也不會把玉片歸還給老者。因為，他不得不承認，潛移默化中，他對玉片的依賴程度是越來越高。「如果沒了那東西，我的自信會不會也離我而去……」

林東甩了甩頭，不再苦思冥想，為這些沒發生的事情犯愁，犯不著。

而他卻是不知，但凡靈物，一旦選擇了主人，便會如忠心耿耿如僕人般誓死跟隨，不離不棄。所以，即便是他人從他手中奪走了玉片，得到的也不過是一塊毫無用處的死物。

回到出租屋，林東捧起那本《世界貨幣》，全書共一千三百多頁，絕對是一本大部頭，是一本學術性的專著，內容晦澀難懂，有許多專業性的術語及引用，造成了極大的理解困難。

林東每晚都要花上兩三個小時去鑽研這本大部頭，遇到不明白的地方便會記在本子上，等第二天到了公司，在電腦上搜尋解釋，並做好記錄。

短短一星期內，林東的筆記本上已經積累了十幾頁的術語解釋。

「裙長理論？」

林東又看到了一個專業術語，感覺有些眼熟，似乎在公司的晨會上聽到過這個詞。打開記憶之門，在頭腦中搜尋了一番，便憶起了關於「裙長理論」的解釋。

應該是美國的一位經濟學家提出的「裙長理論」，他說女人裙子的長短可以反映經濟的興衰榮枯，裙子越短，經濟越好，裙子越長，經濟就越是艱難。

初聽這理論，林東十分不解，後來經同事解釋，他就明白了。

經濟增長時，女人會穿短裙，因為她們要炫耀裏面的長絲襪；當經濟不景氣時，女人買不起絲襪，只好把裙邊放長，來掩飾沒有穿長絲襪的窘迫。

這「裙長理論」經過幾輪經濟榮衰的佐證，十分可靠。

在這方面，林東不得不佩服美國佬的觀察能力，能從日常生活中隨處可見的現象發現經濟大勢的走向，實在令人讚歎。

看了三個多小時的書，才翻了兩三頁，為了能儘量吃透書中的內容，林東幾乎是逐行逐字去記憶和理解。

作為一個對金融知識知之甚少的門外漢，林東被這本書折磨得實在不輕。

丟下書本之後，他一摸腦袋，頭熱腦漲，倒在床上就昏昏睡了過去。

半夜裏，屋外下起了大雨，電閃雷鳴，風雨交加。

林東躺在床上呼呼大睡，完全忘了晾在院子裏的新衣服還沒收回屋裏。

周日一早，林東起床之後，看到漫進屋裏的一層積水，這才想起晾在院子裏的新衣服，衣服都來不及穿，只穿褲衩就奔了出去。

「還好，應該是李嬸幫我把衣服收回家了。」

林東看到晾衣繩上空蕩蕩的，一件衣服也沒有，以前也發生過這樣的情況，他不在家，天快下雨了，李嬸就會先把林東的衣服收到自己屋裏。

「李嬸，我的衣服在你屋裏嗎？」

林東站在屋簷下，朝對門李嬸租住的房間喊了一句，過了許久也沒聽到有人回應。

「李嬸……」

林東又喊了一聲，李嬸沒出來，卻把北邊那間屋的秦大媽喊了出來。

「一大早的，嚷嚷個啥，你李嬸昨天夜班，還沒回來呢。」

林東心往下一沉，有種不祥的預感：「秦大媽，那您見著我晾在外面的衣服沒？」

「這混小子，昨夜下那麼大的雨，雷啊電的，怎麼就不起來收衣服？你快去找找吧，估摸著早被大風刮走嘍。」

林東害怕的就是這個，趕緊回屋穿好了衣服，在院子裏搜尋了一圈，無果，抬頭看了看院子裏幾株小樹苗的倒向，確定了昨夜的風向之後就奔出了院子。

找了半刻，林東終於在院子東面的一個溺水坑裏找到了昨天剛買的新衣褲，好在兩件衣服被風吹得纏在了一起，否則的話，找到一件還得找另一件。

林東從泥水裏撈起了衣服，雪白的襯衫已經絲毫看不出原來的顏色，沾滿了泥水。

「完了，今天穿什麼去見高五爺啊？」

拎著髒衣服回到院子裏，林東先是打開水龍頭，把衣褲上的爛泥沖掉，然後接了一盆清水，把衣褲浸泡在裏面，加了雙倍分量的洗衣粉。

浸泡了兩個小時之後，林東又把衣服洗撈乾淨，重新晾了起來。

一看時間，已經十點多了，想來是沒時間等衣服乾了。

林東一咬牙：「算了，就穿隨意點，不過是去見一幫大老粗，穿那麼斯文幹啥？」

心念及此，膽氣頓生。

從箱子裏翻出黑色的運動大褲衩和一件藍色的T恤，迅速換上，穿了一雙已經穿了一年多的運動鞋，帶上給高五爺買的黃楊木雕關公像，鎖了門，便要出去。

看見晾在外面的衣服，朝秦大媽屋子的方向喊道：「秦大媽，我出去一趟，要是再下雨，您記著幫我收衣服啊，我先謝謝您了。」

秦大媽正在屋裏炒菜，手持鍋鏟走到門前，揮揮手，「混小子，有事趕緊忙去唄，衣服交給我了，你放心。早點回來，我鍋裏燜著蹄膀哩。」

「給我留些……」

林東嘿嘿笑了笑，抱著木盒出了小院。

雖然大豐新村的居住條件不好，但大家都是出門在外討生活的苦人兒，彼此之間關係特別親近。遠的不說，就是林東那院子裏住的幾家，都把林東當成自己家的孩子一樣，平時燒了點葷菜，總會想著給他留點。

按照高倩給他的地址，林東在地圖上查過了，那裏已經是蘇城的郊區，沒有直達的公車。

時間緊迫，林東只好破費搭車過去。

這一個星期，他從大學室友李庭松那裏借了十萬塊錢，全部投入了股市，所選的股票連續幾個漲停，目前帳戶裏的股票市值已多出了三四萬塊。即便是立馬把從李庭松那裏借來的十萬塊錢還給他，還剩下三四萬的收益。

短短一個星期，百分之三四十的收益，這樣的結果足夠令他心喜的了。

照這樣的態勢下去，林東已經不敢想像到了年底會有多大一筆數目的進項，只是粗略估算了一下，買房買車的願望還是絕對可以實現的。

坐在開往郊區的計程車上，林東閉上眼睛，幻想著開著嶄新的四輪轎車往柳林莊裏慢慢行進的景象。

家家戶戶的老少爺們，應該都會跑到村口，竊竊私語、交頭接耳的討論車裏坐著的是哪家的闊親戚吧；村子裏的孩童們，應該會怯生生的跟在車子後面，嗅著汽油特有的氣味，一路隨行，從村口一直跟到他家的門前，然後遠遠的看著，很想上前去摸一把，卻又不敢。

這時，他會推開車門，拿出一大包從蘇城帶回來的進口奶糖，拋向天空，分灑給這些跟隨他一路的孩子們……

柳大海若是見了他的轎車，那臉上的表情應該會很複雜吧，會不會後悔悔婚呢？

「小夥子，你說的地方到了。」

計程車司機停了車，見後座上的林東閉著眼睛，提醒了一句。

林東猛然回過神來，從幻想中回到了現實，「司機，多少錢？」

「五十。」

林東付錢下了車，抱著木盒站在原地，瞧了一會兒四周的環境。

雖是郊區，但這方圓五里之內卻是一棟房子也沒有。一條曲曲折折的雙行道柏油路，路兩旁是高大挺直的楊樹，再往遠處望去，卻是一望無際的林木。

「不會走錯地方了吧？」

林東稍作停頓，便邁步往前走去。

這是一條蜿蜒曲折的上坡路，林東往前走了一段，便看到了一座綿延幾公里的小山丘，宛如臥龍一般，這才確信自己並未走錯。

高倩在電話裏明確告訴他，她家建在一座小山上，因為山勢起伏，形似臥龍，高五爺便命名為「臥龍山」，高五爺的居所自然稱作「臥龍居」。

再往前走了大約兩里路，建在山頂上的臥龍居就在望了。

林東很是奇怪，為什麼司機不把他再往前送送，卻是不知，山上住著蘇城黑老大高五爺，蘇城所有的計程車司機是不敢開車靠近的，能把林東送到離臥龍山兩三里地，那已經算是不錯的了。

時間已近正午，林東加快了步伐，十來分鐘後，來到了臥龍居前。他老遠就覺得這宅子氣派非凡，走近一看，頓生仰望之感，想來宅子的主人必是有大胸襟、大氣魄的人。

尚未謀面，林東已經在心裏想像著高五爺的模樣了。

「嘿嘿嘿……哪來的野小子，看什麼看，滾遠點……」

大門外穿著一身黑衣的守衛對林東喊了幾句，揮著鋼鐵般粗壯的胳膊，兇神惡煞的模樣，左臉上一道刀疤，清晰可見。

像是沒聽見那大漢的話，林東卻是抱著木盒朝他走去，那大漢「咦」了一聲，似乎有些驚訝，「他祖母的，找揍不是。」握著拳頭朝林東走來。

「這位朋友，別衝動，我叫林東，是高倩的朋友，今天是特意登門拜訪高五爺來的。」

「汪汪……」

拴在門口的狼犬朝他瘋狂的吼叫著，齜牙咧嘴，露出森森的白牙，拚命想要朝林東撲來，嘴裏滴著涎水，灑的滿地都是，一撲一跳，掙的鐵鏈蹦蹦直響。

「小姐的朋友？」這大漢似乎不信，高倩怎麼會有這樣的窮朋友？

「阿威，開門，放他進來。」

高倩在屋子裏聽到狗叫聲，就猜到林東到了，奔出了門。

高倩今天穿了一身白色的長裙，略施薄粉，蛾眉淡掃，化了個淡妝，手扶門框、翹首企盼的模樣宛如少女，粉嫩可愛，與平日的豪放風格大大不同，令林東不禁為之心旌動搖。

「倩，你今天真漂亮。」

林東低聲誇讚她一句，高倩微微一笑，心裏卻是說不出的甜蜜，這就是所謂的「女為悅己者容」吧。

「我老爸在客廳等你，快進去吧。」

高倩從後面輕輕推了林東一下，林東一腳邁進了門內，心中一緊，莫名的緊張之感湧上了心頭。

屋內，蘇城道上最大的老大正在等著他，林東不清楚這位大佬是什麼性情，也不知接下來將要面對怎樣的刁難……

一切的未知，好似一個黑暗的空洞，令即將踏入黑暗之中的林東感到了莫名的緊張，不知不覺中，手心已經被汗水浸濕。

「以高五爺這樣的身分和地位，應該是我林東第一次真正見著大人物吧……」

每邁出一步，他就離高五爺近了一步，林東抿緊嘴唇，彷彿聽到了自己「咚咚」的心跳聲……

「一定不能讓他看出我的緊張。」

林東深深吸了一口氣，屋內的冷氣從他的鼻孔湧入了擴張的胸腔內，此時，忽然感覺到胸前的玉片中湧出了一絲微熱的氣息，令他心田一暖，方才的緊張之感頓時消失無影。

高五爺背對著他，坐在沙發上，正在吩咐手下一些事情，聲音沉穩而冰冷，夾著威嚴，雖然不是很響亮，卻清晰地傳遍了客廳的每個角落，顯然是中氣十足。

林東只能看到高五爺的背影，雄健寬厚的後背，棱角分明的側臉和梳得一絲不亂的背頭。

林東垂手立在他的身後，靜靜等待高五爺忙完事情。高倩站在他的身旁，也未上前去打擾父親。

「五爺，全照您的吩咐，我去了。」

高五爺對面的那名手下聽完他的吩咐，鞠了一躬，退了出去。

這時，高倩開口道：「老爸，林東來了。」

「帶他過來坐。」

高五爺的聲音冷冰冰的，卻有一種不容置疑的威嚴。

林東坐在他的對面，高倩坐在林東旁邊。

「倩倩，你坐爸爸身邊來。」

高倩不敢違拗，乖乖地從林東的身邊轉到高五爺的身邊。

林東心中一凜，雖說二人是父女關係，但高倩的性格他是瞭解的，就像是一直極難馴服的野馬，能讓高倩這樣服服貼貼，高五爺絕對是個說一不二的人，他的心中已把高五爺的第一印象定為「封建家長」。

恐怖的封建家長。

「小林見過五爺。」

林東從沙發上站了起來，雙手托著木盒，放在了高五爺身前的茶几上。

「五爺，您是長輩，初次見面，奉上小小禮物，不成敬意。」

高五爺對林東放在茶几上的木盒視若無睹，冷冷瞧著林東。

「小子，五爺我平生最不喜歡別人一聲不響站在我身後，你剛才犯了我的忌諱，念你無知，又是初犯，我就不為難你了。」

自打林東坐到對面，高五爺就一直在觀察他的一舉一動，發現這小子雖然是頭次見他，卻不見他慌亂，這份定力，比起道上許多久經風雨的中層人物也不差，因而心裏不禁對林東產生了些許好感。

林東這頭卻不好受，真與這位蘇城大佬面對面交談，無論他身上的玉片有多麼神奇，仍是止不住內心的緊張，手心和背上冷汗直冒，只是竭力掩飾，沒有表露出太多。

「龍三，上點心。」

高五爺一聲令下，半分鐘不到，就見李龍三端了一盤子黑乎乎的東西走了過來，放在林東面前，垂手立在高五爺的身後。

「這是……蜈蚣？」

看著盤子裏還在蠕動的多足蟲子，難道這就是高五爺所說的點心嗎？這分明就是蜈蚣。

林東只覺頭皮發麻，心悸欲嘔，難道竟是要他吞下盤子裏的蜈蚣不成？

高五爺冷冷一笑：「龍三，盤子裏是點心還是蜈蚣？」

李龍三伸手捏了一隻出來，那蜈蚣被他捏住脊背，瘋狂地扭動身軀，爪子狂魔亂舞一般，任牠如何掙扎，卻免不了被塞進嘴裏。

林東看著李龍三不斷鼓動的腮幫，以及嘴角流出來的液體，只覺腸胃翻滾，只想衝到外面的牆角狂嘔。

「回五爺，盤子裏的的確確是非常美味的點心，吃一個，口齒留香啊……」

李龍三滿面笑容，臉上掛著一臉的陶醉相。

高五爺含笑看著林東，指了指他面前的盤子，似乎在等待林東的表現。

林東朝高倩看了一眼，雖然從對方的臉上看到了擔憂，卻還算平靜，看來她應該早知道會有這樣一道節目。

「高五爺究竟想考驗我什麼？」

他抿著嘴，腦筋飛速運轉，不能拖延太久，必須儘快參透高五爺的心思。

「呵呵，」林東笑了笑，從盤子裏捏了一隻蜈蚣出來：「五爺家的點心還真是特別啊。」

他學著李龍三的模樣，一狠心，把一隻蜈蚣塞進了嘴裏，「咔咔」幾口將其咬碎，硬著頭皮吞進了肚子裏。

「嗯，味道還不錯，不愧是野味啊。」

林東抽了一張面紙，擦了擦嘴，忍著要嘔吐的感覺，強顏歡笑。

對面的高倩卻好似如釋重負，長長吁了口氣，心裏的那塊大石總算是落了地，為心愛的人能通過父親這一關的考驗而高興。

李龍三憤恨地盯了林東一眼，眼裏噴火，咬牙切齒地端著盤子退了出去。

高五爺緊繃的臉終於鬆了鬆，露出了一絲笑容，微微點了點頭。

道上混的人，首重義氣，次重膽量，他給林東上了那麼一道「點心」，就是要考驗他是不是個有膽量的男人。林東在五分鐘內吞下了一隻蜈蚣，他還是比較滿意這樣的結果的。

李龍三當年受此考驗之時，整整磨了一個鐘頭才敢下嘴。雖然他看上去塊頭要大林東許多，面相也比較兇狠，但若論真正的膽量，他卻是不及林東。

高五爺看了一眼身邊的女兒，在心裏笑了笑，看來女兒還是挺有眼光的。

「老爸，我們還是看看林東給您買了什麼禮物吧？」

經過剛才那一段緊張壓抑的氣氛，高倩打算活躍一下氣氛。

「好啊，你替爸爸拆開看看。」

高倩打開了木盒，把放在盒子裏的黃楊木雕關公像拿了出來。

「老爸，是您最尊敬的關二爺，雕刻很不錯哦。」

高倩拿著關公木雕像，在父親的眼前晃了晃。

高五爺略懂古玩，打他看到盒子的第一眼，就知這盒子是個有些年代的老物件了，料想裏面放著的東西也應該不是凡品，果然不出他的所料。

「倩倩，把木雕給爸爸看看。」

高五爺從女兒的手中把木雕要了過來，捧在手中仔細把玩了一番。

木料雖然只是常見的黃楊木，不算名貴，但刀法雕功卻是極好，堪稱上乘，應該是出自名家之手，據他判斷，應該是明朝的東西，能夠完好無缺保存至今，想來必是價值不菲了。

高五爺不解的是，這麼一個價值不菲的東西，林東是怎麼得來的？難道是他買來的？不可能，他調查過林東的背景，苦孩子出身，別說買件古董，就是買件仿品也不一定出得起錢。

「這小子身上似乎有那麼點值得琢磨的地方。」

高五爺心裏暗暗道，雖然懷疑這黃楊木雕關公像的來歷，但對於禮物本身，他還是相當滿意的。

他把關公雕像鄭重地放進了木盒內，再把木盒遞給了高倩。

「倩倩，幫爸爸把盒子送到樓上書房裏。」

高五爺含笑拍了拍女兒的肩膀，高倩「嗯」了一聲，抱著木盒，起身朝樓梯走去，幾乎是一步一回頭，看著林東的臉，目光之中滿是擔憂之色。

高倩走後，高五爺倒是笑了。

「林東啊，謝謝你那麼貴重的禮物，我喜歡得緊。不過有些話，咱們還是說在前頭好。」

高五爺頓了頓。

「五爺，您請說，我聽著。」

林東也正納悶，價值三百塊錢的東西也算是貴重？不會是高五爺在說反話吧？

他卻是不知，傅家琮給他的這件爾公木雕像，乃是出自明朝一刀劉之手。這一刀劉其人，在當時可是赫赫有名的大雕刻家，多少達官貴人只為求他所刻一物而不惜以重金相贈。

「倩倩打小沒了媽媽，也因為這個，這二十幾年來，我從未讓她吃過一點點苦。你出生在懷城清河鎮柳林莊的一個農家，父親是個泥瓦匠，母親沒工作……明白我為什麼說這些嗎？」

高五爺把調查到的林東的家庭背景仔細說了一遍。

林東沉默不語。

高五爺歎了口氣：「林東啊，我只是想告訴你，以你目前的狀況，不能讓我的女兒過上令我滿意的生活。她這二十幾年來，生活無憂無慮、快快樂樂，我不想她後面幾十年因為跟了你而受苦受累。」

「五爺，您話中的意思我明白了。」

一直低頭的林東抬起頭來，目光直視對面的蘇城黑大佬。

「五爺，我目前是無錢無勢，但這不代表我一輩子都會這樣。倩是個好女孩，不是每個男人都有資格娶她的。我林東若不混出個人樣，也決不會賴著她，但現在您不應該干涉我和她交朋友。」

高五爺聞言，眉頭一蹙，心中動怒，還從來沒有一個後輩敢當面直言指責他的不對。

「你放肆！」

高五爺一拍桌子，震怒的聲音在客廳中炸了開來，宛如驚雷一般。

「五爺、五爺……」

李龍三帶著幾名小弟，手持鐵棍，衝到了林東面前，只等高五爺一聲令下，便亂棍齊下，趁機一泄私憤，教這小子皮開肉綻，滿地找牙。

「五爺，怎麼處置這小子？」

李龍三手持鐵棍，躍躍欲上。

「爸爸……」

高倩在樓上聽到了父親震怒的聲音，扶著樓梯慌忙跑了下來，拉住父親的手臂，面帶乞求之色，希望父親能寬恕愛人的衝撞。

「爸爸……」

高倩拉著高五爺的手臂，低聲細語地哀求著，緊張和擔憂之色溢於言表。

「哈哈……」

高五爺忽然放聲大笑，別說是林東，就連跟在他身邊多年的李龍三等人也皆是丈二和尚摸不著頭腦，不解大佬的前後行為為何會有如此巨大的反差。

「好小子，有膽量！」高五爺對林東豎起了大拇指，這是他第一次明確表示對林東的肯定。

年輕人就應該有這種初生牛犢不怕虎的闖勁和勇氣。

高五爺彷彿從林東的身上看到了二十幾年前的自己，也是如眼前這個年輕人一樣，青春年少，天不怕地不怕。

林東長長吁了一口氣，高五爺不知，這短短的幾分鐘內，林東的內心經歷了怎樣的變化。剛才看到高五爺動怒，說實話，林東真害怕李龍三會撲上來亂棍齊下，那樣的話，他不死也得殘。

「五爺，您嚇死我了。」

林東抽了張面紙擦了擦臉上滲出的汗珠。

「好久沒聽到反對我的話了，你小子有種！龍三，告訴馮媽，安排午飯。」

高五爺此話一出口，高倩就從沙發上蹦了起來，一臉燦爛的笑容：「老爸，我去我去……」

林東鬆了口氣，高五爺能留他在家吃飯，這無疑是對他最大的肯定。

李龍三握緊手中的鐵棍，狠狠地瞪了他一眼，林東卻朝他一笑，意思很明顯，就是要告訴李龍三：我贏了，你不是我的對手。

餐廳內。高五爺坐在主位，林東和高倩面對面坐著。

午餐很簡單，幾樣清淡的小菜，雅致且爽口。

「林東，雖然我留你在家吃飯，但這並不代表什麼，你明白的，如果你不能很快讓我看到你的能力，我是不會贊同倩倩和你在一起的。」

寢不言，食不語，高五爺還是比較遵從古禮的，吃飯的時候，幾乎一言未發。等他放下碗筷，吃好之後，便再次向林東表明了自己的態度。

林東問道：「五爺，不如您給我定個標準，咱爺倆打個賭，如果你贏了，一切聽從您的吩咐；如果我僥倖勝了，您只需放心地把倩倩交給我。但是在此賭約期間，您不要干涉我和倩倩之間的正常交往。」

「好大的口氣，你就不怕我獅子大開口，定一個你絕對無法完成的目標？」話雖如此，高五爺還是很欣賞林東身上的這份自信。

坐在對面的高倩也正擔心這個。

林東笑道：「五爺你是長輩，又是個明理人，我相信您不會太為難小輩的。」

高五爺冷冷一笑，這小子，年紀輕輕，說話滴水不漏，且知道如何捧殺，當真了得，看來不能小瞧了他，是不是應該給他定一個高一點的目標？

「到今年年底，我要你帶五百萬現金過來，小子，你可別跟我耍花樣，瞞不過我的。那五百萬，必須是你自己實打實賺來的。至於用什麼手段，我不管。」

高倩驚呼一聲，張大了嘴，五百萬，這怎麼可能？

「老爸……您定的目標也太不現實了吧？」

「你別說話！」高五爺朝女兒瞪了一眼。

現在已是八月下旬，距離今年結束也就剩下四個多月的時間。林東現在只有十四萬左右的資金，要讓十四萬在四個月內變成五百萬，那幾乎是要翻五十倍，雖說有玉片幫助，但是林東的心裏依舊沒有太大的把握。

高五爺定的目標無疑給他增加了極大的壓力，但換個思路想想，這又何嘗不是一種催他奮進的動力呢？

「五爺，這賭約我接下了。」

林東淡淡道，面無表情，內心卻是洶湧澎湃，他敢接下賭約，不僅是要證明給高五爺看，更是要讓所有人都知道他的能力，不敢小瞧他。

在他人的漠視中崛起，刺出最驚豔的一槍。

第八章

鳳凰銜金

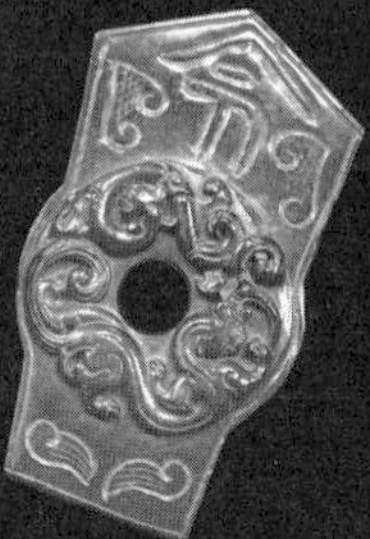

他又一次進入了幻像之中，進入到了雄偉的金色聖殿之內，試了幾次，仍是只能在一樓徘徊，無法更上一層樓。

從幻像裏走出來之後，玉片上浮現出圖案，竟然是口銜金條的鳳凰。

這幅圖案，讓林東無法聯想到其他股票，

近三千支的股票中，只有鳳凰金融這支股票是與這幅圖案相符合的。

「鳳凰金融，你這隻鳳凰一定要為我銜來大金塊啊……」

星期一的上午，晨會結束之後，新晉級的八強選手被周竹月留在了會議室內。

「為了公平起見，咱們從這一輪開始抓鬮分組，抓到強的弱的，咱們誰都別怨。」

周竹月拿出來一個紙盒，裏面放了八個紙卷，分別寫著數字一到八。

「先說一下規則，抓到一的和抓到八的分為一組，抓到二的和抓到七的分為一組，以此類推，明白了嗎？」

眾人點了點頭。

「既然沒什麼疑問，那就開始抓鬮吧。」

周竹月剛說完，徐立仁一馬當先，衝過去抓了一個紙卷出來，剩下的七人也陸續抓了鬮。

周竹月拿出紙筆：「我來統計一下，誰抓到了一號籤？」

徐立仁舉起了手。

「八號籤是誰抓走了？」周竹月問道。

「是我，劉大江。」坐在角落裏的劉大頭舉起了手，大聲報出了自己的名字。

紀建明笑道：「呵，立仁，你不是要把大頭挑落下馬嗎？這下機會來了。」

劉大頭聽了，微笑不語，他戴著個金絲邊圓框眼鏡，獨自坐在角落裏，帶著一絲難以捉摸的意味。

徐立仁倒是像打了雞血似的，很是興奮，如果能在這一輪淘汰劉大江，那夠他風光一把了。

周竹月問了一圈，其他三組的情況分別是紀建明對陳健，崔廣才對蕭明遠，張子明對林東。

陳健是公司的信託專員，蕭明遠和張子明都是公司理財小組的老將，從業多年，經驗豐富，都是不可小覷的強敵。

「好了，各位，現在已經九點一刻了，請在九點半開盤之前將選好的股票發送給我，逾期未發送者，視作棄權處理。」周竹月拿著統計好的表格離開了會議室，林東等人也各自回到了自己的辦公桌上。

打開電腦之後，林東很快便把自己選定的股票發送給了周竹月。

周日從高五爺的臥龍居回來之後，林東便開始思考如何用最短的時間賺到五百萬，左思右想，別無他法，只能繼續開發玉片的神奇能力，借此來加速賺錢。

在昨晚與玉片取得溝通之後，他又一次進入了幻像之中，進入到了雄偉的金色聖殿之內，試了幾次，仍是只能在一樓徘徊，無法更上一層樓。從幻像裏走出來之後，玉片上再一次浮現出了圖案，這一次竟然是口銜金條的鳳凰。這幅圖案，讓林東無法聯想到其他股票，近三千支的股票中，只有鳳凰金融這支股票是與這幅圖案相符合的。

「鳳凰金融，你這隻鳳凰一定要為我銜來大金塊啊……」

林東敲著桌子，靜靜地等待開盤時間的到來。

「林東，你選了鳳凰金融？這種垃圾股你也敢推？」

徐立仁看到林東所選的股票，不禁訝然，鳳凰金融這支股票他還是有些瞭解的，前不久出了半年報，業績不怎麼樣，公司沒有盈利，甚至還虧了好幾千萬。

「爆炒垃圾股，那是機構最喜歡幹的事情。」

林東簡簡單單回了一句。一句中國股民都很瞭解的常識。

散戶選股，青睞那些公司業績好、盈利多的股票，而機構則不然，他們更喜歡利用自己豐厚的資金，去炒作一些績差股，通過控制股價的升跌來賺錢。在徐立仁眼裏，林東如此選股，顯然是違背了散戶選股的原則，但若是他能堪透機構的步伐，與機構同進同退，那獲利將會極其豐厚。

林東不是不瞭解鳳凰金融這支股票的狀況，但他相信玉片的指示，相信自己的選擇。

鳳凰銜金，難道不是個絕好的兆頭麼？

開盤之後，鳳凰金融的股價微跌，林東起身去了元和的散戶大廳，利用那裏的電腦把自己所持有的恒瑞藥業和國泰製藥拋出，這兩支股票今天依舊漲停，不過他已經不打算繼續持有。等張大爺等人辦好了轉戶，也就在一兩天之內，他也將通知他們將這兩支醫藥股拋掉。

張大爺等人已經成為了林東的忠實粉絲，林東只要讓他們持續地賺錢，他們就會像小喇叭一樣，四處宣傳，為他帶來源源不斷的客戶。有針對性的行銷即將取得階段性進展，已經沒必要再將主要精力投入其中，只要維護好現在的關係就足夠了。

坐在元和證券空蕩蕩的散戶廳內，林東對著電腦出神，下面又該如何拓寬自己的業務管道呢？

留給他的時間並不多，高五爺定下的五百萬艱巨任務就像一塊大石一樣壓在心頭，令他不得不仔細思考往下的每一步，即便是走錯一步，稍有差池，也可能讓他功敗垂成。

第一次感情倒在了金錢面前，林東可不想重蹈覆轍。可接下來又該朝哪個方向努力呢？

上午的時間轉眼而過，林東心裏想著問題，也沒怎麼盯盤，中午收盤之後，只是看了看鳳凰金融的走勢情況，不溫不火，震盪下行。而對手張子明推薦的大森林走勢卻很強勁，一上午漲了四個多點。

公司所在的大廈設有食堂，供大廈內所有單位的員工用餐。平時林東因為都在外面跑業務，所以很少來食堂吃飯。

到了中午，林東去了食堂，打了兩葷一素，正坐在餐桌上狼吞虎嚥，忽然一陣幽幽的女人香吹了過來。

「我可以坐在這裏嗎？」

冰冷而熟悉的聲音傳來，林東抬頭一看，果然是她。

「溫總，您請坐。」

林東掃了一眼四周，因為是中午用餐高峰期，因而食堂內的餐位所剩無幾。若不是因為這樣，溫欣瑤應該不會選擇坐在他對面吧，林東如是猜想。

「林東，你最近業務做得很出色，我想問一問你，是不是找到了什麼好的方法呢？」

素來冷漠的溫欣瑤竟然主動開口和他搭訕，這倒是大大出乎林東的意料。

「溫總，其實也沒什麼了，厚積薄發吧，經歷一段的積累，儲備一些客戶，持續跟進，總會做成功一部分客戶。」

林東自然不會把玉片的事情告訴她。溫欣瑤聽了之後，也只是微微一笑，卻勾得林東心動神搖。

溫欣瑤這樣的女人，便如熟透了的蜜桃，咬一口，滿嘴流汁。即便是入定的老僧、得道的高人，只要還算是一個正常的男人，那就絕對無法在她面前心如止水。

林東正值血氣方剛之齡，溫欣瑤只是淺淺一笑，已將他的三魂七魄勾去了一大半。

「厚積薄發固然重要，但不要忘了抓住重點。打個比方，跟蹤五十個二十萬資產的客戶和跟蹤一個千萬資產的客戶，你覺得哪個更輕鬆些？」

「當然是跟蹤一個人比較輕鬆些。」林東想也不想就回答了她，這個問題壓根不要考慮，促成一個客戶，當然要比促成二十個客戶簡單很多。

「你回答得完全正確。搞定一個這樣的大客戶，抵得上一群小散戶。而且從他身上，你還可以去挖掘更多的資源。」

溫欣瑤不經意的一言，正如醍醐灌頂使林東茅塞頓開，纏繞在他心中的困惑也就豁然開朗了。他再次找到了明確的努力方向，接下來該是吹響朝高端客戶進攻的號角了。

「溫總，謝謝您。」

林東對溫欣瑤真誠一笑，那陽光燦爛的笑容在溫欣瑤的眼裏竟然是如此的熟悉，勾起了她深埋心中的回憶。

那個曾在多年前令她不顧一切的男人，似乎也曾擁有這樣迷人的笑容。若不是他的突然逝去，她又怎會封鎖了情心，從此由一個天真無邪的少女變為冰清冷豔的女人呢？

「溫總……」

林東輕輕喚了聲，這溫欣瑤也真是奇怪，吃著吃著拿著筷子出了神，真不知女人的心裏都在想什麼。

溫欣瑤回過神來，為了掩飾神情中的落寞，竟然又恢復了冰美人的本色，板起了面孔，一言不發。

林東只覺周圍的空氣忽然降低了幾度，加快了進食的速度，草草扒了幾口，端起餐盤，趕緊溜走。

吃完午飯之後，林東在辦公室上了一會兒網，剛打算打個盹兒，就接到了張大爺的電話。

「小林啊，我們這邊都辦好了，現在正在往元和證券去的路上，你在公司吧？」

林東一聽，來了精神，睡意全無：「張大爺，我在公司的，你們過來吧，我去樓下接你們。」

掛了張大爺的電話，林東知道會來不少人，趕緊給高倩撥了一個電話，讓她立馬回公司來。

通完電話之後，林東打開交易軟體，張大爺估計二十分鐘後到達，中間這段時間，他打算仔細研究一下鳳凰金融這支股票。

認真看了一下鳳凰金融上午的走勢，林東發現這支股票的換手率極高，上午呈放量趨勢，換手率超過了百分之五，再仔細一看，隱隱覺得是有多頭在暗中吸貨。

「哦，難道是真的有機構要爆炒鳳凰金融？那也該有個由頭啊……」

林東隱隱覺得，鳳凰金融這支股票可能是藏了什麼消息，一旦放出，必將引起股價大幅波動，而他有玉片相助，知道這波動必然是往上走的。

「明天資金一到賬上，立馬殺進去。」

他早上才將手上的股票拋掉，資金要明天才能到賬，林東似乎已經有些等不及了，恨不得立馬殺進去，踩著機構的步伐，跟著機構後面撈金。

高倩很快回到了辦公室。

「林東，急急忙忙讓我回來幹嗎？」

高倩穿著緊身的套裙，絲襪，曼妙的曲線，突出了她傲人的身材。

徐立仁賊兮兮地瞄了一眼，忍不住咽了一口口水，無論從各方面看，高倩都比他現在的女朋友強多了，若是能得到這個小妮子，少不了換著花樣折騰她。

徐立仁滿腦子的齷齪想法，盯著螢幕，面無表情。

「當然是有好事情了，走，咱們出去說。」

林東和高倩並肩走到辦公室外面的走廊上，兩人刻意放低了聲音，靠得很近，邊說邊笑。

徐立仁鬼鬼祟祟地跟到外面，裝出上廁所的樣子，看到高倩和林東竊竊私語的樣子，憋了一肚子的火氣。

「估計他們至少會過來七八個人，到時咱倆一人一半，那麼多人，我忙不過來。」

高倩聽了林東這話，心裏甜蜜蜜的，這男人藉口忙不過來，就把自己辛苦做來的客戶分一半給她，這分明是在幫她。

「林東，你對我真好。」

高倩也不推脫，接受了林東的安排。

林東笑道：「倩啊，我還記得前些日子我快被淘汰的時候，只有你主動站出來要幫我，這份恩情，我是永遠不會忘記的。」

高倩自小便失去了母愛，從小到大，只有父親一人疼愛她，如今得到了林東的關愛，竟然眼泛淚光了。這個看上去大大咧咧的女孩，實則內心的情感竟是如此豐富。

「好了，倩，和我下去接人吧，張大爺估計快到了。」

林東拍拍高倩的肩膀，舉止親昵，這一幕正好落在了從廁所出來的徐立仁眼裏，二人的濃情蜜意他盡收眼底，只氣得渾身發顫。

林東和高倩在一樓櫃檯的門口等了不到三分鐘，就看見了張大爺一行人的身影，浩浩蕩蕩，一眼望去，至少有二十人左右。

天吶！林東和高倩相視一眼，心想待會櫃檯的同事該罵人了，這可夠他們忙上一陣子的了。

「我給郭經理打個電話，請他和櫃檯的同事們協調一下，免得待會那幫少爺小姐們尥蹶子。」

林東進公司已有半年，他是瞭解櫃檯這幫人的，每天只盼著無人來開戶，那樣他們就可以玩玩手機聊聊天，過一天是一天。這時一下子來了二十幾人，這幫人不氣得跳起來才怪。

和郭凱在電話裏說明了情況，對方顯然很震驚，上個星期林東才向他彙報了有針對性行銷的打算，沒想到那麼快就出了如此顯著的成果。這令郭凱也興奮異常，親自到和櫃檯主管黃雅雯協調。

黃雅雯和郭凱是同一批進公司的，二人私底下的關係很好。既然郭凱親自出馬協調，黃雅雯當然會給足面子。

「小林，真有你的！我在公司五六年了，還從未見過這麼大的陣勢。」

郭凱看著前方緩緩走來的一行人，感歎道：「你這是給元和創下了記錄了。」

林東笑了笑，並未說話。

見到張大爺一行人離櫃檯還有不到五十米，林東趕緊跑了過去。

「各位大爺大媽，大熱的天，麻煩你們跑來跑去，我這心裏真是過意不去啊。」

張大爺昂著頭：「不麻煩不麻煩，誰會跟錢過不去？小林啊，你真是神了，那兩支票，今天又漲停了，我們這群跟著你買的人啊，都賺翻了。」

那天買入恒瑞藥業和國泰製藥的只有七八個人，今天卻來了那麼一大群，看來應該是張大爺等人四處宣揚的效果。林東打心眼裏對張大爺等人心存感激。

「手續都辦好了，海安也沒怎麼刁難，辦得還是挺快的。」張大爺等人紛紛亮出了手中的股東卡。

林東領著他們進了櫃檯，高倩和郭凱忙著給張大爺一行人倒水。

一共是二十三人，林東和高倩人忙得手忙腳亂，才將所有的戶都開好。

送走了張大爺等人，櫃檯主管黃雅雯走了過來，笑著說道：「我說林東，這可把咱們大夥給忙壞了，怎麼也得表示一下吧？」

「黃姐，要不我請大家喝奶茶唄？」

林東笑道，但心裏卻厭惡之極，開戶本來就是他們的工作，他們拿著公司的薪水，就理當做好本職工作。若換了他是老闆，櫃檯的這幫靠關係走後門進來的，他一個都不會留。

聽到林東要請他們喝奶茶，櫃檯的同事一個個都來了興致，爭先恐後報出了自己想喝的品種，可比工作的時候積極很多。

忙完這一切，林東才和高倩離開了櫃檯，這二十三人，有十二人是開在高倩名下的，不過後續的服務都會由林東負責。

到了辦公室不久，郭凱就拿著報表走了進來。

「林東，好小子，今天從海安過來的人中，資產最少的也有二十萬啊，我剛看到了報表，加起來總共是五百九十七萬。」

郭凱笑得很燦爛，這個月的業績超額完成，林東一個人就幹了他一個月的業績指標，如果手底下能多幾個這樣的業務能手，何愁完不成每個月的業績指標。

徐立仁聽了郭凱的話，頓時明白上周為什麼林東每天都穿成那樣去海安的散戶大廳了，原來這小子是去挖牆腳去了，要讓海安的人知道了，還不定怎麼收拾他呢。

「誰讓你跟高倩走得那麼近，可別怪我心狠。」

徐立仁計上心來，已經想好了修理林東的法子。

「林東，你把最近的工作經驗總結一下，我彙報給上面的領導，有可能的話，咱們可以在全公司推廣。」

林東立即搖頭拒絕：「郭經理，千萬別，不是我藏私，是我真的沒什麼可總結的經驗。」

目前來看，無論發生什麼，他都必須死守玉片的秘密，否則必將招來天大的麻煩，甚至可能是殺身之禍。

郭凱笑了笑，既然林東不願意，他也不好強求。

坐在下班的車上，林東望著車窗外迅速倒退的樹木，怔怔地出了神。

方向是有了，可要怎麼才能和那些高端客戶接上頭呢？

這真讓他頭疼，簡直無從下手，作為一個外地人，他在蘇城的朋友都沒有幾個，更別說認識那些腰纏萬貫的大款了。

「這可怎麼辦？」這個問題，久久縈繞在林東的腦海裏。

週二早上八點半剛過，眾人的手機就收到了周竹月發來的飛信，內容是跟黑馬大賽第二周的情況有關。

進入八強，四組的選手都比較冷靜，除了林東兵行險招之外，其他七人所推薦的都是基本面和技術面很不錯的股票，因為也並無太大的懸殊。

林東所選的鳳凰金融在昨天下午的交易時間內繼續下挫，放量成交，一天下來，比開盤價跌了百分之五，而與他同一組的競爭對手張子明所選的股票野馬汽車，漲勢喜人，全天累計漲幅高達百分之八。

僅僅一天，張子明就領先了林東百分之十一點五的收益。

這讓許多暗中關注林東且看好他的人產生了疑惑，第一輪如此耀眼的明星難道真的是行大運才撞上幾個連續的漲停？

一個人不可能一直走運，鑒於林東前後表現出的巨大反差，許多原先認為林東將會晉級四強的人已經悄悄改變了想法。僅僅剩下四天的時間，想要逆轉頹勢，那的確不是件容易的事情。

徐立仁和劉大頭的比鬥同樣吸引了不少人的眼球，從第一天的情況來看，二人旗鼓相當，還不能看出高下。看來徐立仁的確是有兩把刷子，難怪有膽氣叫囂著要將衛冕冠軍劉大頭挑落下馬。

開完晨會之後，林東就打電話給張大爺等人，要他通知一下其他人，趕緊把手中持有的恒瑞藥業和國泰製藥拋掉。那兩支票的價位已經躥得很高，醫藥板塊也已經牛了好一段時間，林東擔心的是這個板塊已經上升到了頂部，接下來就可能是往下砸的時候了。

張大爺一群人現在仍如往常一樣，每天按時到散戶大廳去坐著，只不過是從海安的散戶大廳換到了元和的散戶大廳。

大廈地下室的停車場，徐立仁坐在車內，打通了一個在海安上班的哥們的電話。

「喂，陳飛，是我，徐立仁啊，跟你打聽個事情，你們公司昨天是不是流失了一批客戶？」

那個叫陳飛的人在電話裏問道：「徐立仁，你怎麼知道？那其中有好幾個還是我的客戶呢。」

徐立仁冷笑道：「你陳飛也有被人暗算的時候，我告訴你，你被人挖牆腳了。」

徐立仁的朋友陳飛，混過幾年社會，是個狠角色，後來在父母的央求之下才走上了正道，但他一直沒有和道上真正脫離關係，至今為止，仍與以前道上的朋友交往甚密。

「什麼？還有人膽敢挖我的客戶？叫什麼名字？吃了豹子膽了吧。」

「不過是個小角色而已，飛哥不必動怒。」徐立仁深知欲揚先抑的道理，將陳飛的胃口吊起，卻又不痛快地告訴他。

「徐立仁，你趕緊說，不然等到老子下次見你，非揍你一頓不可。」

「飛哥，別急嘛，今晚菲雨酒吧見，兄弟我請你喝酒，到時候我會把那人的情況一五一十都告訴你。」

掛了電話，徐立仁對著鏡子擺弄了一下頭髮，露出陰森森的笑容，然後推開車門，吹著口哨往電梯走去。

手裏的客戶漸漸多了起來，林東不得不開始重視客戶服務這項工作，除了一些必要的財經資訊要發送給客戶之外，公司的研報以及一些上市公司的季報，他都要去好好研究研究，從中將精化提煉出來，這樣方便客戶在最短的時間內獲取最有用的資訊。

不過，最為重要的還是薦股，這可是直接能讓客戶賺錢的東西。但卻不是可以隨意發的，林東是要為自己發出去的資訊負責的。所以除了一幫對自己深信不疑的鐵杆粉絲之外，他是不會將自己選定的股票發送給客戶的。

林東並未忘記上周對駐點銀行的行長張振東說過的話，早上在發送薦股資訊的時候，附帶也給他發了一條。張振東手裏的客戶資源是極其豐富的，更有林東迫切需要的高端客戶，所以林東預想，或許搞定了張振東，也就能為他的新方向打開一個缺口。

既然他不能直接和那些高端客戶說上話，那麼只有借他人之口了。目前來看，張振東是最合適的人選。

忙完這一切，已經過了開盤時間，林東收拾了東西，打算去海安的散戶大廳把股票買了，公司辦公室的電腦不能買賣交易，只能看行情，而一樓散戶大廳的電腦只安裝了元和證券的交易軟體，逼得他不得不來回奔走。

「現在都流行手機炒股，我那老古董也該換換了，換一個能炒股的手機。」走到電梯口，碰見了同樣要出去的高倩。進了電梯，只有他們兩個，說話也就不用顧忌什麼。

「林東，你幹嘛去？」高倩問道。

林東於是將要去海安操作股票的事情告訴了高倩，這些是無需對她隱瞞的。

「你太老土了，幹嘛不在手機上委託下單啊？」高倩取笑道。

林東把自己的老古董諾基亞掏了出來，在高倩的眼前晃了晃。

「看到了吧，這手機防摔防跌，待機時間還很長，可它就是不能炒股。」

一直以來，高倩都把心思放在林東的身上，以她大大咧咧的性格，倒是沒太在意他用什麼手機。

「你不用來回跑了，」高倩掏出自己的「愛瘋」，下載了海安的手機炒股軟體，把手機遞給林東：「喏，你可以下單了。」

林東從未用過那麼高級的手機，又是觸控式的，很不習慣，摸索了半天，還是不會用。

「笨死了。」高倩從他手中一把奪過了手機：「告訴我帳號和密碼。」

林東將帳號和密碼報了給她，高倩很快登錄。

「要買什麼股？」

「鳳凰金融，這股現價多少？」

「正好十塊，要買多少股？」

「一百手。」

高倩下達了一百手的委託指令，立馬就成交了，這一百手就是一萬股，每股十塊，就是十萬塊，她倒是沒有想到，林東的股票帳戶裏竟然有那麼多錢。

她心裏疑惑歸疑惑，卻並未追問，林東身上讓她捉摸不透的地方還有很多。即便是再親密的戀人，彼此間也應該擁有屬於自己的空間。

菲雨酒吧。

迷惑人心的音樂和忽明忽暗的燈光，燈紅酒綠之地，很容易滋生人內心中的陰暗，從而放縱情欲。

徐立仁對面的陳飛多喝了幾杯，睜著猩紅的雙目，鐵拳「轟」地一下砸在了桌子上，震倒了立在桌子上的酒瓶。

「你說什麼？那小子一個人帶走了海安那麼多的客戶？」

陳飛震怒之餘，卻又有些不敢相信。

徐立仁道：「飛哥，我哪敢騙你啊？那小子上個星期在你們散戶大廳蹲了一周，你自己想想，他沒事去那地方幹嗎？」

他掏出手機，打開相冊，調出了一張照片，那是他們同一批進公司所有人的合影。

「這小子就是挖你牆角的傢伙，」徐立仁指著照片上的林東，「飛哥，我現在把這張照片發送給你，你可要認清楚了。」

陳飛喝得醉醺醺的，點了點頭，端起杯子又乾了一杯。

「我說立仁，今晚不會喝完酒就散了吧，還有其他節目沒？」

今晚是徐立仁請客，不痛宰他一次，可不是陳飛的風格。

徐立仁知道陳飛心裏想著什麼，這時，手機響了。

「喂，你們到了？哦，那好，在門口等我一會兒，馬上就來。」

徐立仁掛了電話，湊到陳飛耳邊說道：「飛哥，我叫的妞到了，在外面候著呢，我已經在附近的賓館訂好了房間，咱哥好好折騰個一宿。」

陳飛咧嘴笑道：「立仁，這事辦得漂亮，有長進。」

二人相視一笑，都喝了不少酒，腳步輕浮，相互攙扶著出了酒吧。

酒吧外面，兩個衣著暴露的女郎，正站在路燈下吞雲吐霧，二人都化了濃濃的妝，看不出本來的面目，不過身材都很高挑，腿纖細修長。

徐立仁經常會找女人出來過夜，彼此間早就算是相熟的了，他從酒吧出來之後，瞧了一眼四周，就看到了那姐妹倆。

「飛哥，快看，就是她倆，怎麼樣，貨色不錯吧？」

徐立仁笑著，伸出手指著路燈下的兩個女郎。

陳飛咽了一口口水，拍拍徐立仁的肩膀，指著其中一個穿著酒紅色緊身皮裙的女郎：「那個。」

徐立仁陰險地一笑：「好啊，飛哥看上的女人，我怎麼敢跟你搶？」

他在心中冷冷一笑，這女人早就不知被他玩過多少次了，隨便陳飛怎麼挑選，都是揀他扔下的破鞋。不過說實話，今晚那穿著酒紅色皮裙的女人的確是要性感很多，弄得他心裏也癢癢的。

若不是為報復林東，徐立仁怎麼可能把自己私藏的好貨拿出來與他人分享？

徐立仁把車開到路邊，搖下車窗，對著路燈下的兩個女郎吹了個口哨，女郎上了車。

陳飛坐在後座，一邊一個，左擁右抱，他已經等不及到賓館，在車裏就開始大肆揩油，搞得坐在駕駛座上的徐立仁又急又恨，猛踩油門，恨不得立即到達賓館。

週三的早上，周竹月照例把黑馬大賽八強的情況以飛信的形式發到了每個人的手機中。

經過兩天的角逐，四組已經漸漸顯示出了分化。

林東的鳳凰金融昨天以橫盤報收，對手張子明的野馬汽車繼續高漲，又漲了五個點，累計收益百分之十三，領先林東百分之十六點五。

林東僅剩三天的追趕時間，那麼大的差距，已經令許多人對他失去了信心。林東必敗已經成了公司絕大多數人的一致看法。

紀建明和陳健的對決，也已拉開了差距，陳健的永安建材受到重挫，在昨日下跌了百分之五，而紀建明所選的五陵電池走勢平穩，連續兩天都是微漲，因為對手下跌太多，所以紀建明暫時領先不少。

崔廣才和蕭明遠則是棋逢對手，勢均力敵，兩人連續廝殺兩天，你追我趕，目前不分高下。

徐立仁和劉大頭的對決也吸引了不少人的關注，一方面是因為徐立仁的叫板，另一方面則是因為劉大頭頭上頂著衛冕冠軍的光環。對於徐立仁狂妄的叫囂，劉大頭一直視若無睹，他是個只會用實力說話的人。

週二一天，劉大頭推薦的股票強勢上漲，已經領先徐立仁。

早上十點多鐘，徐立仁才拖著疲倦的身軀來到了辦公室，眾人見他一臉倦容，面色枯黃，雙眼無神，頂著老大的黑眼圈，只當他是昨夜害了一場大病。

「立仁，你沒事吧？我看你怎麼走路兩腿直哆嗦呀……」紀建明問道。

徐立仁搖搖頭，有氣無力地說道：「沒事，就是太累了，休息休息就好。」

他一屁股倒在座椅上，趴在辦公桌上就睡了過去。

紀建明感歎一聲：「哎，畢竟是少不經事啊，輸給大頭又不丟人，立仁，想開點，以後有的是機會嘛。」

眾人也都以為徐立仁是經不住打擊才變成這副模樣的，誰會知道這哥們是因昨天夜裏整宿未眠，耗乾了精力，以至於像得了病似的。

高倩早上離開公司之前，跟林東約好了晚上一起吃飯，說是有驚喜給他。

這倒讓林東有點期待，兩人在一起之後，因為是在同一家公司，為了不讓其他人發覺，總是憋著忍著，下班之後，又各回各家，所以獨處的時間並不多，這讓處於熱戀之中的兩人備感煎熬。

看著呼呼大睡的徐立仁，林東忽然發現，這小子身上穿的還是昨天的衣服，猜想他應該是一夜未歸，再看他這副模樣，昨天夜裏這小子究竟幹了什麼，林東似乎已經猜到了。

早上十一點過後，林東的鳳凰金融迅速崛起，一根直線，直接拉上了漲停。

眾人很快就收到了周竹月的早盤播報：東風吹，戰鼓擂，恭喜林東，他所推薦的鳳凰金融在今早十一點之後迅速拉升，直接封上了漲停，他能否再度延續傳奇，完成驚天逆轉呢？請各位同仁拭目以待。

這個消息一出，許多認為林東必敗的同事又開始動搖起來，實在不知是站在哪一邊是好。紀建明等幾個好事的傢伙，竟然開口鼓吹眾人押寶。因為彩頭不大，猜錯了也不過至多輸掉五塊錢，因此倒是有很多人參與了進來。

眾人情緒高漲，十分期待這一場對決。

中午吃飯的時候，林東收到了張振東發來的短信，只有一個「牛」字加感嘆號。看來張振東肯定是關注了林東給他發去的短信，既然如此，那接下來就好辦很多，最怕的就是他看都不看，那真的就一點機會都沒有了。

林東卻不知，公司還有高層人物一直在暗中關注著他。

林東很是開心，中午吃飯的時候多打了一個葷菜，昨天剛殺進去抄了底，第二天就漲停，短短一天時間，股票帳戶上又多了一萬塊錢。

鳳凰銜金，果然是個極好的兆頭。

「手機是該換換了，等這次股票拋掉之後，就去換一個能上網炒股的手機，免得以後老朝海安那邊跑。」

想到即將要把用了多年的老古董鎖進抽屜裏，林東還真是有些不捨。

吃完午飯，剛想午休片刻，電話卻響了，一看號碼，是老家懷城的區號，林東慌忙拿著手機跑到外面的走廊上，接通了電話。

「喂，阿東嗎？」

「媽，是我啊。」林東聽出了母親的聲音。

林母在電話裏問道：「阿東，今早郵局的人送來了一張匯款單，是從蘇城匯過來的，是你匯給家裏的嗎？」

「是啊，媽，秋收和秋種都需要花錢，我就給家裏匯了點。」

「孩子，你哪來的那麼多錢，兩萬塊吶！你沒做犯法的事情吧？我和你爸爸都替你擔著心呢。」

兒行千里母擔憂，林東突然給家裏匯了那麼多錢，這讓林家二老的心裏都有些擔心。

林東笑道：「媽，您的兒子您不瞭解？借我個膽也不敢去幹違法的事情，那錢您放心用吧，是我的工資。」

「咱阿東出息了，能掙大錢了，回頭我說給你爸聽去，他肯定開心得很。」

「嘿嘿，媽，您倒不如給爸打一瓶酒，再切二斤豬頭肉，那樣他會更開心的。」

林父喜歡喝點小酒，最喜歡的下酒菜就是豬頭肉，但因家中貧困，以前還要供林東上學，因此也只有逢年過節才會買半斤豬頭肉解解饞。

「阿東，家裏的事情不用你操心，以後你賺了錢就自己攢著，娶媳婦要花一大筆錢的。都怪我和你爸沒能耐，要不然柳枝兒……」

林母在電話裏低聲啜泣，林東心裏也是一陣絞痛。

「媽，別說了，對了，你是去哪裏打的電話？」

林母答道：「鄰居家裝了電話了，這號碼就是他家的，以後你就打這個電話，讓你二嬸叫我一聲，咱娘倆就能通話了。」

「媽，等今年過年回家，我也給家裏裝部電話。」

和母親通完電話，林東的心情變得陰沉起來，他獨自一人上了天台，站在大廈的頂部，風吹得衣服獵獵作響。

他俯瞰下方小如螻蟻的行人，忽然感覺人是那麼渺小，頓生無力之感，有些事情偏偏心有不甘，卻又改變不了。

「柳枝兒會是我心中永遠的痛嗎？」

林東握緊了拳頭，仰望蒼天，絕不甘心向命運低頭。

下了班之後，林東先離開公司。過了十來分鐘，高倩也離開了公司。

為了避開公司的同事，以免被人撞見他們共同出入，下班之前，他和高倩約定了在離公司不遠的一個月台見面。

林東剛到月台不久，一輛白色的奧迪一個急剎車，停在了月台旁邊，車窗落下，女車主的美麗面容引來了眾多熾熱的目光和一陣呼聲。

林東拉開車門，在眾人豔羨的目光中坐到了女車主的旁邊。

高倩看也未朝外面看一眼，關上了車窗，猛踩油門，奧迪車如離弦之箭，「嗖」地衝了出去，等月台上的人們回過神來，美人和奧迪車早已消失不見。

「林東，今晚我請客，你想吃什麼？」

「我隨便，挑你喜歡的吧。」

出身貧農家庭的他，很小的時候連飯都吃不飽，長大之後，隨著生活條件的改善，雖然再也不存在吃不飽的情況，但也因此養成了不挑食厭食的好習慣。

高倩沉吟了一下：「要不還去未來城吧，那裏的港式茶餐廳還不錯，有各種精緻的小點心，一定符合你的口味。」

「嗯，好的。倩，你開車能不能慢點，橫衝直撞的，很讓人擔心的。」

雖然在鬧市區，但是高倩的車速卻一點未減，在車流中左右穿梭，林東坐在車上，驚得身上的冷汗是一波接一波地冒。

「沒事，我有分寸的。」高倩笑了笑。

林東臉一冷，有些不悅，說道：「你能把車開得慢一點，不再讓我擔心嗎？」

高倩放緩了車速，朝林東看了一眼，噗哧笑了出來，她還是第一次見林東生氣，知道心上人是為自己的安全擔心，心裏不但不怪林東生氣，反而像是打翻了蜜罐，充滿了甜蜜的幸福感。

「好啦好啦，別繃著臉了，聽你的就是。」

林東的臉色緩和了下來，微微笑了笑，這小妮子是吃硬不吃軟，看來若想讓她乖乖聽話，以後少不了要變得強硬一些。

高倩答應林東不開快車之後，一路上老老實實的，竟然沒超一輛車，不過看她那模樣，似乎很不習慣，忽然間，竟像是一個剛學會開車的新手一樣，有時候竟縮手縮腳，不知何故。

林東看在眼裏，心裏湧起一股暖流，這女孩是真的很喜歡她，否則以高倩的性格，豈是個能輕易改變的女人。

車子開了二十幾分鐘，到了未來城，下了車之後，高倩挽著林東的胳膊進了港式茶餐廳。二人隨意點了一些點心，蝦餃皇、脆皮棗年糕、紅豆甜酥餅和鮮蝦腸粉，樣樣都很精緻，味道極好。

高倩吃得不多，剩下的全部由林東包攬，雖是吃到肚子撐，卻依然有點意猶未盡的感覺。

「怎麼樣，腸粉很美味吧？」

林東點點頭：「下次來，還要點腸粉，真是一絕啊。」

高倩笑了笑：「林東，還記得我上午說要給你驚喜嗎？」

「是啊，什麼驚喜啊？」

瞧高倩欲言又止的樣子，林東猜想，這小妮子肯定留了一手，看來，驚喜就快來了。

高倩從旁邊的座位上把名牌包包拿了過來，拉開拉鏈，取出了一個盒子，遞給了林東。

「愛瘋？」

林東看著手中的盒子，這個盒子他是熟悉的，裏面放的是現在市面上最流行的高端手機，價值不菲，據說要五千多塊，如果是他，決不會捨得花五千塊去買一個手機的。

「送你的，打開看看吧。」

高倩催促道，自從昨天看到林東仍舊用著一款老古董手機，她就萌發了送他一部手機的打算，這部手機雖然價值不菲，但對於高倩這種富家女來說，卻是不值一提，她根本不在乎這點錢。

她只是想看到林東收到禮物時候的笑容。

「太貴重了吧，多少錢，我給你。」

這是他第一次收女孩送的禮物，偏偏又是那麼貴重的禮物，心裏不安，覺得還是應該把錢給高倩好。

高倩笑道：「你用得著跟我客氣嗎？我可不是平白無故就送你東西的，這是對你昨天分那麼多客戶給我的答謝，這下你該能接受了吧？」

林東知道若是繼續推脫，肯定會惹得高倩不高興的，未免傷了美人心，他就只好接受了，心裏暗暗告誡自己，以後一定不要辜負了她的一片深情。

「好了，具體怎麼使用，你回家慢慢摸索去吧。現在，陪我去看電影吧，外國大片，火爆刺激。」

林東點點頭，二人起身離去。

「不會又是包場吧？倩，我還是喜歡很多人在一起看電影的感覺，尤其是這種火爆的大片，更要人多才有氣氛。」

「放心吧，不是包場，我不會動不動就包場的。」

兩人出了港式茶餐廳，就往電影院走去，卻不知已經被人暗中盯上了。

第九章 老三的難題

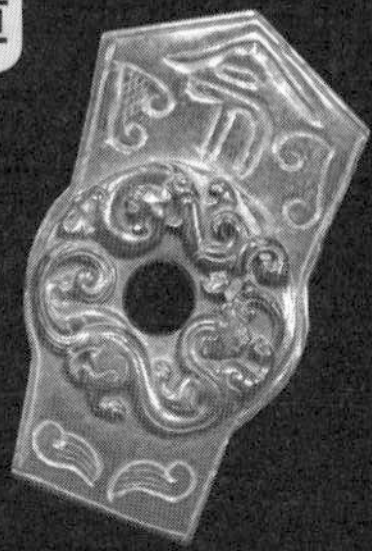

「老三，那個……老大交女朋友了……」

之前之所以答應李庭松，是因為他還單身，現在不同了，他已經跟高倩開始交往，如果還去勾引蕭蓉蓉，不說自己心裏是否會愧疚，若是讓高五爺知道了，那還了得！

「不會吧？」李庭松大呼倒楣：

「老大，求你救救我吧，我是真的害怕和蕭蓉蓉相處，她太強勢了，跟她在一起，我找不到作為男人的尊嚴……」

看完電影，已經將近十點，林東堅持不讓高倩送他回家，好不容易把高倩勸走，一個人走到月台上了公車。

時間已經很晚，公車上空蕩蕩的，林東坐下之後，便發現了異常，與他在同一個月台上車的那個人戴著帽子和墨鏡，遮住了半個臉，看不清他的樣子，只是覺得那人身上散發出一陣陣的寒氣，不時朝林東瞟幾眼，似乎是在監視著他。

林東仔細一想，最近他並未得罪什麼人，除了李龍三。

「難道是李龍三派來收拾我的？」

林東越想越覺得有可能，只有這傢伙對林東恨之入骨，除了他，林東根本沒得罪過人。

林東暗自提高了警惕，那人坐在他前面的座位上，手裏提著一個布袋，裏面裝著東西，看上去有點分量，若真是衝他而來，那裏面裝著的應該就是武器。

「得罪誰了，竟然有人要整我？」

林東倒不是怕事，只是不願惹事上身，既然已經被人盯上了，發再多怨言也沒有用，眼前最緊要的是弄清楚這人的目標到底是不是他。

離大豐新村還有兩站，林東提前下了車，這一站下車的人較多，他混在人群中，迅速跳下了車。下車之後，他加快步伐，找了個地方隱藏起來。

果然，那人似乎未料到林東突然下車，慢了半分鐘，等他下車之後，發現林東已經不見了，但他知道林東並未走遠，只是躲了起來，這四周比較空曠，能掩藏的地方很少，只要一個一個找下去，肯定能把林東找出來。

林東躲藏在暗中，默默地注視那人的一舉一動，包括他臉上的表情。從獲取到的資訊來看，不用懷疑，這人肯定就是衝他來的。

林東看那人腳步輕浮，雖然一臉兇神惡煞的模樣，但如果真的單打獨鬥，林東還是有信心將他擊敗的。不過他並不貿然出手，能不打架最好，因為那人還沒亮出武器，誰知道會是什麼東西。

「這地方躲不了多久，他很快就能摸到這裏。」

林東看了一眼四周，空曠得很，不是個藏身的好地方。

他貓腰潛行，專挑燈光照不到的暗處行進，儘量使腳底下不要弄出動靜。

那人也在抓緊時間尋找林東，他不相信，這麼短的時間內，一個大活人還能憑空消失了不成？

林東眼看就快折進一條巷子裏，只要進了那條巷子，以林東對這一帶地形的熟悉，利用這一片縱橫交錯的巷道，相信很快就可以將那人甩掉。

當此之時，卻聽一聲狗吠。

「汪汪……」

草叢裏忽然躥出一隻黑狗，對著林東狂叫幾聲。

功敗垂成，那人聽到狗吠，迅速奔了過來。

林東恨不得一腳把這壞事的黑狗踢飛，眼見那人衝了過來，一咬牙，拔腿狂奔，看來只能以速度甩開那人了。

在學校的時候，足球是林東最喜歡的運動項目，他爆發力強，具有很強的耐久力，是物理學院絕對的主力，常常一個人帶球撕破對方的防線，長途奔襲，殺入對方的禁區，破門得分。

他這一跑起來，只覺腳下生風，兩隻腿似有使不完的力氣。

「別跑……」

那人在林東身後狂追，連連狂喊，起初還能勉強跟得上林東，跑了不到五分鐘，就顯出了差距，被林東越甩越遠，逐漸拉大了差距。

又跟著跑了五分鐘，林東已經從那人的視線裏消失，那人停了下來，實在是跑不動了，他扶著牆彎下腰，漸漸蹲在了地上，只覺胸肺都快炸開了，張大了嘴巴，狂喘著粗氣。

過了片刻，那人站了起來，扯下了帽子和墨鏡，胸口仍是劇烈地起伏著。

「他娘的，小子跑得比兔子還快，累死老子了。」

他朝地上吐了口痰，抬起了頭，一臉的凶相，正是昨晚和徐立仁一起廝混的陳飛。

腿部的肌肉仍是止不住地抽搐，陳飛狠狠拍了一下大腿。

「趴在女人肚皮上的事情還是得少做，色字頭上一把刀，否則遲早有一天死在女人肚皮上。」

陳飛的身體素質本來也不差，如果不是昨晚一宿折騰，林東也不至於那麼容易就能甩脫他。

林東躺在床上，仔細回想今晚被人尾隨的事情，越想越覺得不對勁，他起先覺得可能是李龍三幹的，但略一琢磨，又覺得可能是自己先入為主，有欠考慮。

首先，從體型上看，李龍三要比那人高壯很多；再者，以李龍三的火爆脾氣，也不大可能幹出尾隨這種事情，很可能直接上來就是以拳頭說話；第三，高五爺明確表示過在年底之前，不會干涉他和高倩的正常交往，難道李龍三竟然膽敢違逆高五爺的意思？

經過一番思慮和權衡，林東覺得是李龍三的可能性並不大，隱隱覺得可能是有其他人要對自己下手。

「可除了李龍三之外，我得罪了誰呢？」

以林東為人處世的風格，一般是不會去主動滋事的，想破腦袋也想不出來得罪了誰，索性就不去想，或許就是個劫財的也不一定。

拿出高倩送的新手機玩了一會兒，發現實在是很難上手，讓他這個受過高等教育的知識份子很受打擊，竟在迷迷糊糊之中睡了過去。

週四的早上，徐立仁像是換了個人似的，見誰都主動問好，整個人看上去意氣勃發，活像是打了雞血。

「今天，應該不會看到那個討厭的面孔了吧？」

徐立仁坐在電腦前，正一個人偷樂，心想說不定一會兒就會傳來林東受傷住院的消息。花錢能換來好心情，也不算虧。以陳飛的殘忍手段，想要收拾一個人，林東不傷筋動骨是不可能的。

「早啊，老紀。」

熟悉的聲音自背後傳來，徐立仁只覺一陣寒風吹來，慌忙回頭看去，林東竟然毫髮無損地站在他的面前。

「怎麼了?立仁?幹什麼瞪老大的眼珠子?」

林東朝徐立仁笑了笑，徐立仁的表情也真是奇怪，看到他竟然像是看到了怪物一樣，一臉的驚恐。

徐立仁回過神來，笑道：「林東，換新手機啦，愛瘋啊。」為掩飾自己的慌張，徐立仁趕緊扯開話題。

紀建明等人聞言，立馬衝過來，從林東手中把「愛瘋」搶了過來，左看右看。

「老崔，不是山寨，是真貨。」紀建明鑒定完畢之後，對崔廣才說道。

崔廣才驚歎道：「有錢了就是不一樣嘞，咱林東也捨得花錢了。」

眾人聯想到前些天林東剛拿到的三萬塊錢提成，都以為林東是用了那筆錢買的手機。

林東把手機從紀建明手裏奪了過來，瞥了高倩一眼：「這是別人送的，我琢磨了大半夜，還是不會用。」

「哇，誰送你幾千塊錢的東西?」

任憑紀建明等人如何追問，林東拒不回答。

過了片刻，徐立仁拿著手機走出了辦公室，他跑到天台上撥通了陳飛的電話。

「飛哥，你不是說，今天就讓我見不到他嗎？怎麼那小子還活蹦亂跳地來上班了？」

徐立仁氣急敗壞，酒請喝了，錢也花了，甚至連女人都貢獻了出來，卻沒有達到他想要的效果，怎能不讓他怨怒？

「你到底是怎麼做事的？」

陳飛被他一頓搶白，也怒了，冷冷回了一句：「你是在質問我嗎？」

徐立仁瞭解陳飛的脾氣，為了不讓花出去的錢白花，他只能壓住火氣，深呼了一口氣：「飛哥，我不是不相信你的本事，只怕夜長夢多，那小子會從你們海安挖來更多的客戶，想想你被他挖走的幾個客戶，你能不怒嗎？他敢在太歲頭上動土，就是對你飛哥的蔑視！」

徐立仁最擅長煽風點火，聽了他的話之後，陳飛果然是火冒三丈。

「你放心吧，那小子我收拾定了。他屬兔子的，跑得太快，一不小心，昨晚竟被他溜了，下次我帶上西郊的幾個弟兄，包管他插翅難逃。」

「那好，事情辦妥之後，我請弟兄們吃飯。」

掛了電話，徐立仁揉了揉臉，露出陰險的冷笑。

經過三天的角逐，黑馬大賽的八強之間已經拉出了明顯的差距。

林東的鳳凰金融昨天漲停，一轉前兩日的頹勢，再度成為眾人關注的對象，而對手張子明的野馬汽車則似乎後勁不足，經過前兩日的較大漲幅之後，昨天呈高開低走之勢，截止昨日收盤，僅僅領先林東百分之五。

短短一日之內，從領先百分之十六點五，到只領先百分之五，如此巨大的逆轉，讓人們對二人之間的較量產生了極大的興趣，越來越多的人加入了紀建明設下的賭局之中。

只不過這一天，賭林東能逆轉乾坤、進入四強的人多了許多。

其他三組則較為平靜，劉大頭在不聲不響之中已經領先了徐立仁百分之八，衛冕冠軍的實力不可小覷，這讓許多人十分期待林東和劉大頭之間的對決，相信會是一場精彩的爭鬥。

紀建明領先陳健百分之三，而崔廣才則落後蕭明遠百分之三。

除了林東和張子明的這組，其他三組的形勢已逐漸明朗。

林東在昨天夜裏折騰新手機的時候，發現程式裏已經安裝好了海安證券的手機炒股軟體，這讓他對高倩有了進一步的瞭解，這個外表看上去大大咧咧的女孩，其實也有心細如髮的時候。

有了這個功能強大的手機，林東以後就不必為下單而來回奔走了。

看到股票帳戶裏日益多出來的錢，林東的心裏很開心，他慶幸選擇了這個行業，更慶幸得到了一塊神奇的玉片。

打開客戶系統，看到客戶的資產也在不斷增加，林東的心裏更加開心了。有什麼能比自己賺錢的同時，又能幫助他人賺錢更加令人感到快樂呢？

將一些重要的資訊發送完畢之後，做完每天的例行公事，這一天剩下的時間就很自由了，林東可以隨意支配。他已經有好些日子沒去駐點銀行了，雖然他現在已經不需要在大堂裏行銷，但是維護好和銀行的關係還是很重要的。

出了公司，林東在路邊的專賣店買了許多各式各樣的零食，裝在一起足足有兩大包，花了兩三百塊錢，要是以前，這足夠林東肉疼的了，但是現在，就算是丟了幾百塊錢，他也不會在乎。

去銀行的路上，林東掏出手機打開炒股軟體，看了看行情，鳳凰金融再度漲停。

這時候，老錢和張大爺那幫人應該正對著電腦樂呵……

到了銀行，林東和大廳經理劉湘蘭打了招呼。

「小林啊，有日子沒見你了，聽說你現在業務做得很好，就快升職當領導了？」

林東笑道：「沒有的事，我就是一個小兵，哪輪得到我當領導。劉阿姨，這是我買的零食，中午的時候你拿給大家吃吧。」林東把帶來的兩大包零食放好，銀行裏的櫃員多數都是二十幾歲的未婚女生，很喜歡吃零食，林東這樣做是投其所好，很容易獲得她們的好感，自然關係也就更親近了。

和劉湘蘭隨便聊了聊，這一輪下跌行情又讓她虧了不少錢，談起股票，劉湘蘭是一臉的無奈。

「早知道是這樣，我還不如炒炒黃金和外匯，不管怎麼跌，手裏的東西是實實在在的，哪像股票，看不見摸不著，可就是讓人心疼。」

林東開解道：「阿姨，您又不缺那點錢，就當玩玩唄，打麻將還有輸贏呢。」

「話雖是那麼說，可心裏就是不甘心啊。小林啊，你說我該怎麼辦？」

劉湘蘭一直很照顧林東，想他剛進入證券行業，公司把他派到這裏駐點行銷，人生地不熟的，多虧了劉湘蘭的幫助，他才能將業務拓展開來。

林東心裏是記著劉湘蘭的恩情的，想想應該向她推薦一些股票，讓劉湘蘭也能從股市裏賺到錢。

「阿姨，這樣吧，以後我給您推薦一些股票，您也別急著買，先觀察觀察，如果真的不錯，您就跟我後面操作。」

「好呀，你是做這一行的，應該能等到點消息的，跟你做股票，總比自己瞎買瞎賣的好。」

在樓下聊了好一會兒，林東上了樓，來到行長室門前，看到張振東正和一個人在說話，應該是他的客戶，於是就打算先下去，等那人走了之後再上來。

張振東透過玻璃門看到了林東，林東剛打算掉頭下樓，他卻拉開了門，把林東叫了進去。

張振東安排林東坐了下來。

「介紹一下，小林，這是左老闆。」

這人大約四五十歲，一副富態模樣，看上去應該頗有身家。

「左老闆，您好，我是元和證券的林東。」

林東不卑不亢，遞上了自己的名片。

張振東道：「左老闆，這就是我剛才跟你說的股神吶，對，就是你面前這位。」

左老闆似乎不敢相信，林東實在是太年輕了。他趕緊掏出名片，雙手遞給了林東，誇讚道：「小林真是年輕有為啊！」

林東看了一眼他的名片，這名片質地極好，比老闆魏國民的名片都好，名片上只有左老闆的名字和電話，其他什麼也沒印。

一般人會將自己供職的單位和職務印在名片上，而這種什麼也不印的人，可不簡單吶……

左永貴。林東記住了名片上的名字，鄭重地收好，回去之後一定要查清楚這個左永貴的背景。

「小林啊，我把你發送給我的消息轉發給了左老闆，人家左老闆今天是特意登門來向我致謝的，我豈能獨佔了你的功勞啊，正說著，不想你就來了。」

這個左老闆是張振東的朋友，在股市裏投了不少錢，卻連連虧損，經常向張振東討教投資之道。

那一次左永貴跟他討論股市之時，張振東恰好收到了林東發來的薦股短信，就轉給了左永貴一看，本來是無心之舉，哪知左永貴卻信以為真，也未敢多買，買了兩萬股。

鳳凰金融連續兩天的漲停，這讓左永貴坐不住了，今早開盤之後，趕緊來到銀行，跟張振東說很想見見那位給他薦股的人，不過真的見了之後，卻是有些失望，與他想像中的股神不大一樣。

「小林，這支票今天是不是該走了？」

連續兩天的漲停，已創下了左永貴炒股生涯的記錄，他擔心會不會在衝高之後會有較大的回落，因而也不敢長期持有。

林東略一沉吟，開口道：「左老闆的擔心是對的，這支股票的業績並不怎樣，只是搭上了當地金融改革這趟順風車，因此消息出來之後，才會引來遊資瘋炒。不過我個人建議您還是再繼續持有幾天，我覺得還不到出貨的時候。」

左永貴的心裏仍有點忐忑，雖然林東說得頭頭是道，但他畢竟還是太過於年輕了，擔心他缺乏投資經驗和過於激進冒險。

「小林啊，那你覺得什麼時候可以出貨呢？」

林東極有自信地說道：「左老闆，您等我通知吧，我拿了您的名片，上面有您的電話，等到該出貨的時候，我一定第一時間通知你。」

「那好，我等你的通知。」

嘴上雖是那麼說，但左永貴心裏已經有了打算，在他看來，嘴上沒毛，辦事不牢，二十出頭的毛頭小子，根本沒幾年炒股經驗，說的話不一定可靠，還是相信自己的判斷為好。

三人又隨便聊了一會兒，林東覺得今天溝通得差不多了，於是便起身告辭。

把林東送到門外，張振東回到行長室。

「老左，你不信任這小子？」

張振東和左永貴是多年的朋友，對他非常瞭解，一眼便看出來左永貴對林東的不信任。

左永貴嘿嘿一笑：「根本談不上信任，他太年輕了，讓我怎麼信任他，凡事還是靠自己好。」

張振東喝了口茶，說道：「老左，你在股市折騰了這麼些年，你賺到錢了嗎？有句老話叫『兼聽則明，偏信則暗』，說得不無道理。年輕人也有年輕人的強處，不能一棍子打死。」

「老張，年輕人是好，你看你們銀行裏，都是年輕貌美的小姑娘，你老兄有福啊。」

左永貴似乎話中有話，張振東朝他看了一眼，兩人相視一笑。

「老左，我哪比得上你？你那會所裏多得是漂亮的姑娘，還來羨慕我？」

左永貴豎起手指：「糾正你一個錯誤，我那裏沒有姑娘，只有小姐。小姐哪能跟姑娘比啊，姑娘多清純……」

「好了好了，工作時間，別扯那些。」

張振東趕緊攔住左永貴，不讓他繼續說下去，這老小子口無遮攔，再不攔住他，還不知道接下來會從他嘴裏蹦出什麼話來。

林東從二樓下來，沒有直接離開銀行，而是來到了一個櫃檯前。

「陌陌，幫我查個人，看看他在你們行的存款。」

林東把左永貴的名字報給了櫃員張陌陌，張陌陌一聽這名字，笑說道：「不用查了，這是咱們行的老客戶了，誰都認識他，我直接告訴你，不低於八位數。」

一般的有錢人不會把錢只存在一家銀行，基本上各大銀行都會有存款，左永貴在這裏的存款就有八位數之多，可想而知他的身家肯定是過億了。

林東離開了銀行，離去時的腳步明顯輕快了許多。

這一趟沒白來，見到了他一直苦苦尋求的高端客戶，看來從張振東身上尋找突破點的方法還是正確的。

不過左永貴給林東的感覺並不好，有點陽奉陰違的感覺。但越是有難度的事情做起來越有成就感，就算是再難啃的骨頭，林東也有信心將它啃下來。

還未到公司，林東接到了李庭松打來的電話。

「老大，明天就是星期五了，還記得我跟你說過的事情嗎？」

林東問道：「老三，你跟我說過什麼了，我一時還真想不起來。」

李庭松氣急敗壞，嚷嚷道：「我說大哥，蕭蓉蓉、蕭蓉蓉……想起來了沒？」

林東這才想起上次見面李庭松拜託的事情，讓他搞定李庭松現在的女朋友蕭蓉蓉，提起這事，的確讓林東頗為頭疼。

「老三，那個……老大交女朋友了……」

之前之所以答應李庭松，是因為他還是單身，現在不同了，他已經跟高倩開始交往，如果還去勾引蕭蓉蓉，不說自己心裏是否會愧疚，若是讓高五爺知道了，那還了得！

「不會吧？」李庭松大呼倒楣：「老大，求你救救我吧，我是真的害怕和蕭蓉蓉相處，她太強勢了，跟她在一起，我找不到作為男人的尊嚴……」

李庭松性格柔弱，林東是瞭解的，一聽說林東已經戀愛了，那聲音就像是要哭出來一樣，這讓林東覺得很對不起這位兄弟。

如果沒有李庭松幫忙，他就沒有那一筆十萬塊錢的啟動資金，也就無法在短時間內在股市迅速撈金。說到底，他與李庭松不僅有兄弟之誼，還欠了李庭松很大一份恩情。現在這位兄弟兼恩人有求於他，真讓他不忍心拒絕。

「嗯，庭松……」

林東還未把話說出來，就被李庭松打斷了。

「老大，你別拒絕我，兄弟真的覺得暗無天日，生無可歡啊。」

林東無法再硬著心腸，歎了口氣。

「明天我先去探情況，接下來再說吧。兄弟，你要想開點，可別做傻事。」

「嗯。只要你肯幫我，我肯定想得開。」李庭松在電話裏笑了笑。

林東佯嗔道：「老三，我怎麼以前沒有發現你竟是這麼個無賴的東西呢？」

李庭松嘿嘿笑道：「你現在發現也不晚，老大，只要你能助我擺脫蕭蓉蓉，我借給你的錢一筆勾銷。」

林東破口大罵：「你他娘的把我當兄弟麼？欠你錢和幫你搞定蕭蓉蓉這是兩碼事，你要是再說這話，別怪我拍拍屁股，什麼也不管。」

這回他是真生氣了，李庭松拿金錢來交換，這讓林東感到受了侮辱。

「老大，是我說錯話了，不過做兄弟的一直沒打算問你要那錢，這是實話。」

林東明白李庭松的心意，心裏頗為感動，這才是兄弟間的友誼，不過就算李庭松不要，他也絕對會把錢還給他。古話有云，親兄弟明算賬，他可不願意哥們之間純淨的感情摻入任何雜質。

掛了電話，林東走進了前面的公園裏，那裏面樹木成蔭，鳥語花香，還有些退休的老年人在舞扇子和練太極。

公園裏有很多長椅，林東就近找了一個坐了下來。

李庭松的忙他該怎麼幫呢？若是讓高倩知道，以她的火爆脾氣，會不會跟自己鬧翻？

「老三啊老三，你真是給我出了一道難題……」

「喲喲喲……最後一天、最後一天啦，四強就快產生了，沒下注的趕緊下注，開盤之後可就不接受了啊。」

紀建明和崔廣才一大早就在辦公室嚷嚷起來，這兩天他倆設下的賭火爆異常，眾人紛紛下注，押寶在各自所看好的人選身上。雖然林東的鳳凰金融連續兩天漲停，氣勢如虹，還是有少數人對其心存擔憂。

在這次黑馬大賽中，連續兩周，林東所推薦的股票都被封上漲停板，一時風光無限，耀眼奪目，不過這也是一些人擔憂之處。

爬得越高，摔得越重。

「我押一百，押林東！」高倩手裏捏著一張紅票子，送到紀建明手裏。

紀建明把錢退還給了她：「高大小姐，咱們這是小盤口，最高五塊，多的不收。」

「噢。」

高倩弄明白了規矩，找出五塊錢，再次遞給了紀建明。

紀建明拿著錢笑問道：「我說大小姐，你只是說押林東，到底是押他贏還是押他輸呢？不說清楚，咱沒法給你下注啊。」

高倩白他一眼：「當然是押林東贏嘍，這還用問？」

「好，老崔，高大小姐押五塊，賭林東勝，作好記錄。」

紀建明和崔廣才又在公司晃了一圈，清掃漏網之魚，就連一樓櫃檯的同事都跑來下了注，除了幾個大領導之外，幾乎是全民參與，這可創下了公司的一項紀錄，元和還從來沒有參與度那麼高的活動，就連公司組織旅遊也不見有那麼高漲的熱情。

領導們也是睜一隻眼閉一隻眼，並未出面干預，難得員工們那麼積極，他們高興還來不及。

溫欣瑤坐在辦公室內，正在看著公司拓展部最近的業績報表。自從由她負責拓展部之後，業績是越來越好，能在這樣的弱勢行情下帶出一支作戰能力強的隊伍，溫欣瑤的領導能力得到了老總魏國民和總部領導的一致肯定。

她在林東的名字前做了標記，仔細分析林東最近的各項資料。

對於業績突飛猛進的員工，她一直都有關注的習慣，這也是希望能從中總結出一些共性，以便在部門當中推廣，提高員工的行銷能力。

除了客戶資產猛增之外，溫欣瑤猛然發現，林東的客戶群中有很大一部分客戶最近都持有同樣的股票。

她打開電腦，進入管理系統，一一查看林東所有客戶最近的交易狀況。

不查不要緊，一查還真是讓她吃了一驚。

時間將近中午，溫欣瑤起身沖了杯咖啡，站在窗前，看著室內鬱鬱蔥蔥的盆栽，晶瑩的玉指捏著小勺，慢慢地攪動杯中的咖啡，姿勢優雅，宛如英國話劇中的貴婦人，看得出來，應該自幼便接受過很好的教育。

這時，桌上的手機「嗡嗡」震動了一下，溫欣瑤拿起一看，是周竹月群發的飛信，通報黑馬大賽八強選手的情況，林東被放在了最前面，他所推薦的鳳凰金融再一次領跑八強，衝上漲停。

「是個人才，倒是可以重用。」

上午接到錢四海的電話，林東就慌忙搭車趕往他說的地點。老錢這傢伙，帶著朋友去轉戶，對方挽留不成，言語上起了衝突，最後竟然動了手。

也不知兩人有沒有傷著，林東心裏真是過意不去，如果真的負傷了，醫藥費他一定要承擔。

下了車，林東給錢四海撥了個電話。作為從業人員，他是不好去對方營業部的，一旦被發現，可能職業前程就完蛋了。更何況他去了也於事無補，只會是火上澆油，增加對方的火氣。

「喂，老錢，我到了，事情怎麼樣了？」

自從跟錢四海熟悉之後，林東也不再叫他「錢先生」，直接叫他「老錢」，這樣倒是拉近了兩人間的關係。

老錢那邊聲音嘈雜，似乎仍在吵鬧。

「老錢，你不用說話，聽我說，我不方便進去，你照我說的辦。如果對方仍然纏著不放，你就打監管部門的電話投訴，電話號碼我現在就發給你。掛了。」

掛了電話，林東立刻就把監管部門的投訴電話發了過去，玩了幾天「愛瘋」，才算摸到了點門路，但有些地方還是不會用，好在基本的通話和短信沒問題，只是打字很慢，對觸控式屏幕很不習慣。

「狗日的高科技。」

林東啐了一口，心裏卻很佩服美國佬的創新能力，他朝前面路邊的超市走去，買了一瓶水嘟嘟灌了幾口。

大約半個鐘頭，林東就接到了錢四海的電話。

「小林，搞定了。你那招真是絕了，超級管用。」

哪有公司不怕監管部門的，要充分利用規則玩轉遊戲，林東這招已是百試不爽了。

「老錢，我在營業部對面的永聯超市，很大的一個門牌，你一眼就該看到的，你們過來吧。」

掛了電話，老錢拍拍旁邊那人的肩膀：「走，他在前面超市等我們。」

這瘦小的中年男人黑著臉：「你這朋友好大的架子喲。」

折騰了一早上，剛才還挨了一拳，怎麼會有好心情。

看到老錢走到近前，林東出了超市，迎了上去，遞上兩瓶水。

「二位辛苦了，天也不早了，走，今兒中午我請客，咱吃龍蝦去。」

見到林東，那人的臉色稍微緩和了些，覺得這小子還可以，懂點人情。

錢四海笑道：「姚記龍蝦啊，不錯不錯，聞名蘇城。小林，今天中午我可要多吃點。」

錢四海愛貪小便宜的毛病林東是瞭解的，他笑道：「包管你吃到撐。」

三人進了姚記龍蝦，剩下的空位已經不多，還好是中午，若是晚上，就可能需要排隊等了。

點菜的事情由錢四海負責。

「老錢，你給介紹一下。」

錢四海一拍腦袋：「你看我，竟把這事忘了。小林，這位是我表兄，姓趙。」

林東給他倒了一杯茶水，起身道：「趙先生，您好，初次見面，以後多多關照。」

趙有才笑了笑，「小林真是年輕有為啊，你的能力我聽老錢說過，用三國裏常說的一句話，你真乃神人也！」

「哥，我會坑你嗎？你瞧，今天鳳凰金融又漲停了，這就是人家小林的本事。」

錢四海點了根煙，適時地插幾句話。

趙有才也點了支煙，把煙盒送到林東面前：「小林，來一根？」

林東拿了一根，他本不抽煙的，不過為了適應這個社會，他得學著抽煙，就好像在酒桌上，你不喝酒，就很容易被人孤立。

看到林東點煙和吸煙的樣子，趙有才便知道他不常抽煙。

林東雖然不抽煙，但是煙的牌子他還是認識的，趙有才剛才散給他的煙就是赫赫有名的「九五至尊」，價值不菲，深受府衙內的官人們喜愛，由此推斷，趙有才身上應該有可以挖掘的資源。

捨不得孩子套不著狼，為了搞好和趙有才的關係，林東要了一瓶五糧液，可趙有才卻堅決不喝，林東也不好強迫。

錢四海道：「小林啊，我這哥是平時喝怕了，早就被查出是酒精肝，你別介意。」

錢四海把酒瓶拿了過去，給自己斟了滿滿一大杯，嗞咂地喝了起來。

吃飯的時候，趙有才很少說話，錢四海倒是很能扯，天南地北胡侃一通。

吃晚飯結了帳，林東道：「我去外面叫個車，二位在裏面稍候。」

「不用了，我讓司機過來。」

趙有才打了個電話，很快就有一輛皇冠開到了門外。

錢四海認得這車，站了起來，他喝得暈乎乎的，走路都不穩，最後還是林東扶著他上了車。

「司機，去泰山路的錦鱗大廈。」林東把元和的地址告訴了司機，他坐在副駕駛的座位上，錢四海和趙有才坐在後排的座位上。

到了元和，林東領著趙有才填完了開戶資料，一切都弄好之後，目送趙有才上了車。

看著皇冠漸漸走遠，林東問錢四海道：「老錢，你這表哥是衙門裏當差的吧？」

錢四海點點頭：「看出來啦？我這哥其實也就是個屁大點的官，山湖鎮的副鎮長，出有車乘，入有空調吹，活得比我滋潤多了。」

林東也不奇怪，蘇城富饒，即便是最基層的機關也都很有錢，配個車不稀奇。

「那他帳戶裏有多少錢？」

「就今天轉來的這戶，裏面少說這數。」

錢四海豎起一個巴掌，林東吸了口氣，又是個有錢的主兒。

「小林，他不止那麼點錢的，你把他服務好了，讓他嘗到甜頭，以後你就等著他帳戶裏的錢翻倍吧。」

錢四海所言非虛，趙有才的父親留下了不小的產業，再加上他這些年做官撈的錢，已經積聚了一筆豐厚的家財。

週五下班前，周竹月公佈了黑馬大賽的四強名單，分別是林東、劉大頭、紀建明和蕭明遠。

林東推薦的鳳凰金融依舊強勢堅挺，雖然張子明的野馬汽車也很強勁，但終究倒在了林東的手上。下班之前，紀建明和崔廣才就開始為賭贏了的人派發彩頭。

劉大頭在悄無聲息中解決了徐立仁，這讓徐立仁感到沒面子，陰沉著臉，什麼話也不說，不到下班的時間就離開了公司。

下班之前，郭凱來到林東跟前。

「小林，今天轉戶過來的趙有才也是個有錢的主兒，帳戶裏有五百三十多萬，恭喜你啊。」

辦公室裏的同事都聽到了郭凱的話，一齊為林東鼓掌。

高倩發來消息，想約他晚上一起吃飯，慶賀一下。

林東想到晚上要去酒吧，就編了個藉口回絕了。

相約酒吧距離公司不遠，所以林東並不急著早早過去，在辦公室裏逗留到很晚，直到負責鎖門的大爺上來催，他才從公司裏出來。

天已黑了，走在路燈下，看著拉得長長的影子，林東感覺到一陣孤單。

對於這座城市而言，沒在這裏安家，他始終只是個過客，並不屬於這裏。看著四面高樓上閃爍的霓虹燈，即便是夜晚也是那麼璀璨，車輛川流不息，嘈雜聲中有低頭趕路的行人，有歡聲漫步的情侶，還有相扶相伴的老人……

身似無根之萍。

這就是林東此刻的心境，他很盼望每天下班之後，回到家裏能夠看到父母的笑臉，能有熱騰騰的飯菜，能有一個知心的愛人……

可這一切似乎都還很遙遠，這裏動輒兩三萬一平米的房價，真可謂寸土寸金，以他目前的收入，根本不可能買得起房子，更別說安家立戶了。又想到和高五爺立下的賭約，心情更沉重了。

「人說，錢是萬禍的根源，此話果然不假，如果我有錢，應該會少去很多煩惱吧。」

李庭松打了電話過來。

「老大，蕭蓉蓉去了，我剛和她分開。」

「嗯，我今晚先去探探情況，具體往下該怎麼做，我還沒考慮清楚。」

掛了電話，林東加快步伐，最好是搶在蕭蓉蓉前面到達酒吧，所幸這裏離公園路的相約酒吧不是很遠，林東慢跑過去，不到十分鐘就到了地方。

看了一下錶，還不到八點半，進了酒吧，這是他第一次來這種地方。

酒吧的生意一般是十點過後最為火爆，此時時間尚早，沒有多少客人，稀稀疏疏坐了十幾個人。

林東隨意找了個位置坐了下來。

這裏的環境與他想像中的酒吧不一樣，音樂輕緩而柔和，燈光也沒那麼暗，半明半暗中，舒緩的音樂輕輕流淌，給人的感覺很舒服。在林東的思維裏，酒吧就應該是那種放著激昂搖滾、眾人肆無忌憚狂魔亂舞的地方，他還不知道現在的酒吧有不同的風格。

相約酒吧就是這種慢搖風格的酒吧，環境優雅舒適，是個很適合談情說愛的地方。

酒吧的四壁還豎著一些書架，上面放滿了圖書，倒讓這裏有點書吧的味道。

他慢慢地喝著，這一瓶外面賣三四塊的啤酒，這裏卻要賣三四十，所以必須得慢慢品嘗。

到了九點，一瓶酒下去了半瓶。林東一直注視著門口，卻還不見蕭蓉蓉出現，不禁有點著急了。

他剛想打電話給李庭松問問情況，手機已經拿了起來，卻又放下了。

蕭蓉蓉出現了。

第十章 現代柳下惠

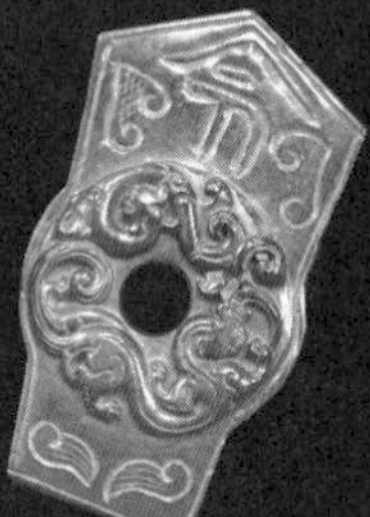

「放著這樣漂亮的女人不動，我該說你心善呢，還是說你傻呢？」

前台的女人自言自語，手上卻不停，很快就把蕭蓉蓉的衣服全部脫了下來，嘴裏不住的讚歎這醉美人如玉般的皮膚。

她把一絲不掛的蕭蓉蓉抱到床上，替她蓋好了被子，然後將房間裏打掃乾淨，這才拿著林東和蕭蓉蓉的髒衣服退出了房間。

林東緊張得手心直冒汗，心裏正想著待會兒怎麼才能跟蕭蓉蓉搭上話，不料伊人卻直直朝他走來。

「不會吧，難道老三他……」

林東正胡亂猜測，蕭蓉蓉已經走到了他的對面，她身材本就修長，又穿著尖細高跟鞋，林東仰望著她，頓覺對方似有一股盛氣凌人的氣勢，隱隱朝他壓來。

蕭蓉蓉身上水藍色的長裙飄然垂落，柔順地貼在身上，顯露出凹凸有致的身材，裙裾遮住膝蓋，露出珠白玉潤的小腿，晶瑩的玉指纖細修長，指甲上塗抹著黑色的亮甲油，手裏捏著的高檔小坤包鑲鑽綴珠，閃閃發光。

「先生，你占了我的座位。」

蕭蓉蓉開口就是冷冷的一句，林東回過神，心想又是個冰美人，不過這倒是個天賜良機，正愁沒由頭和她搭話，她竟主動開口尋釁。

林東端起架子，慢悠悠喝了一口酒，這才開口說道：「這位小姐，凡事講個先來後到，我比你早到很久，我覺得坐在這裏並無不妥。」

若是往常，林東也就將位置讓給她了，但是為了能增加和蕭蓉蓉接觸的機會，他必須得做一回「壞人」。

蕭蓉蓉冷著臉，冷豔的氣質一展無遺。

她的臉部線條比一般的東方女性要明顯許多，鼻樑挺直，鳳眼柳眉，輪廓分明，倒是有點歐美女人的感覺。

「真是個令人心動的尤物，老三啊老三，我是不是該說你傻啊……」

林東不動聲色，慢吞吞地喝了口酒。

「先生，請別稱女性為『小姐』，那並不是個好詞。」

「噢，對不起，我是不是該稱你為『女士』？」林東調侃道。

蕭蓉蓉冷冷一笑，雙手抱在胸前，似乎有點煩了。

「你趕緊走開，否則別怪我喊人了。」

林東懵了：「這位女士，我又沒非禮你，你幹嘛要喊人？」

蕭蓉蓉貝齒輕咬，忽然發現自己竟拿面前這個有點無賴的男人毫無辦法，這讓一向高傲、視男人為附屬品的她實在很受傷，不由得有點怒了。

以前遇到的男人，無不對她阿諛諂媚，一心巴結，活像一隻會搖尾巴的狗，而這個男人似乎有些不同，竟敢不順從她的心意，她心裏雖然微微有些生氣，卻似乎又不那麼想早早結束這場爭執。

「我這是怎麼了？」蕭蓉蓉不禁在心裏問自己。

這個酒吧有她父親的股份，只要她願意，勾勾手指，就會有人上來把林東趕開，甚至轟走，不過她並不想那麼做。

這是一場有趣的遊戲，若不能親身參與全程，怎麼能感受得到其中的樂趣？想到這裏，蕭蓉蓉倒是不那麼著急讓林東走開了。

她在林東對面坐了下來，二人只隔了一張小小的桌子，伸手就能搆到對方。

在她心中，男人都是好色的動物，沒一個是例外的，只要她蕭蓉蓉略施手段，無不俯首稱臣，跪倒在她的石榴裙下。

「先生，我每次來都是坐的那張座位，習慣了，你能不能把它讓給我？」

蕭蓉蓉的聲音軟了下來，細聲細語的，甚至夾雜了「嗲」的元素。那麼一個大美人，提出一個不是很過分的要求，任誰都沒理由拒絕。

林東是真想立即就把位置讓給她，但他知道不能那麼做，否則前面所做的一切都將毫無意義，導致功虧一簣。

「這位女士，我的酒喝完了，能不能請我喝杯酒，若是有誠意，我可以把位置讓給你。」

林東手裏拎著空蕩蕩的酒瓶晃了晃，一臉挑釁的笑容。

蕭蓉蓉笑了，她想到了報復這個無賴的辦法。

「先生喜歡喝酒是吧？好，我陪你喝，想喝多少有多少。」

她打了個響指，不遠處的服務生立即走了過來。

「把我寄存在這裏的酒全部拿過來。」

不一會兒，服務生托著立滿酒瓶的托盤走了過來，他把酒一一放在桌上，紅酒白酒都有。

林東數了數，紅酒和白酒各三瓶。

「拿兩個大杯子過來。」

蕭蓉蓉冷笑著，心裏想著不久之後這個討厭的男人就會當眾出醜，醉得一塌糊塗，想想他趴在地上嘔吐的衰樣就很解氣。

「果然夠誠意，這位置我讓你了。」

林東起身和她換了一個位置。

兩個大杯擺在二人面前，蕭蓉蓉先是把每個杯子裏各倒上半杯白酒，然後又各倒上半杯紅酒，攪合攪合。

這種混合了紅白兩種酒的酒很容易醉人，且後勁極大。蕭蓉蓉遺傳了父母的海量，又在官場上鍛鍊了兩年，酒量極大，平時一斤白酒下肚，也只是微微臉紅。

若是放開了喝，估計一斤半不成問題，誰又能想到那麼漂亮可人的女孩竟然能喝那麼多酒？也正因為這個，許多和她喝過酒的人一開始都會為自己的輕敵而付出代價。

林東的酒量只是一般，不過他總不能在女人面前認輸，心想就算酒量一般，難道連一個女孩也擺平不了？

他不信邪。

「敬你。」

林東端起酒杯，咕嘟灌了一口，這混合酒的口味還真不錯。

蕭蓉蓉善於利用人心，正是要利用林東自大的心態，以最小的代價將他灌醉。

「我是個弱女子，比不上你們男人，我就少喝一點，可以嗎？」

她的聲音軟綿綿的，將南方女孩柔美的音質發揮到了極致，極為動聽，光聽聲音已令人骨頭都酥了，再看她那嬌滴滴的模樣，林東已然醉了三分。

林東在不知不覺中已經喝掉了一大杯，這一杯足有五兩。

蕭蓉蓉卻沒喝多少，剛剛喝了一半而已。

「看來中了這小妮子的圈套了。」

林東已經發現了問題，當下穩定心境，不再傻啦吧唧直往肚裏灌。

蕭蓉蓉捏著杯根，輕輕搖晃杯中的液體，見林東不再喝了，笑問道：「不行了麼？不會那麼快就醉了吧？」

這是蕭蓉蓉的激將法，誘林東上當。

林東笑道：「這位女士必然是愛喝酒的人，所以才會收藏那麼多的名酒，獨飲無趣，你敢跟我鬥酒嗎？」

林東使出「斗轉星移」這招，以其人之道還治其人之身，他已察覺到酒勁上湧，如果不把蕭蓉蓉灌倒，可能他就先倒下了，那豈不是丟人丟大了。

蕭蓉蓉看出來林東酒量不怎麼樣，也沒什麼顧慮，心想喝就喝，這可都是她花錢買來的名酒，不能便宜了這個可惡的傢伙。

她把兩人的杯子倒滿，舉起酒杯。

「來，有膽子的，跟我乾一杯。」

林東嚇壞了，一口乾掉五兩，喝那麼猛，搞不好要胃出血的。但是面對蕭蓉蓉的挑釁，作為一個男人，他沒有後退的餘地。

「膽小鬼，就知道你不敢。」

蕭蓉蓉再次使出激將法，逼迫林東入甕。

林東豁出去了，端起酒杯，心想酒量可以輸，但是氣勢不能輸。

「乾杯。」

兩人端起酒杯碰了一下，蕭蓉蓉計謀得逞，開心地笑了笑。

咕嚕咕嚕，林東仰著頭，隨著喉結的不斷聳動，一口一口的酒液流進了胃裏，喝得又快又急，胃裏翻江倒海，只怕這一杯下了肚，他就不行了。

蕭蓉蓉率先喝完，紅唇邊還殘留著一抹紅色的酒液，或許是因為喝得太快，她的臉上泛起了微微的潮紅，更添了幾分嬌羞之色，如盛開的海棠，讓人產生一種想要摘下把玩的衝動。

林東好不容易乾了這杯，還未來得及喘口氣，蕭蓉蓉又把杯子滿上了。

「這是要把我往死裏整啊？」

林東打了個酒嗝，從胃裏吐出濃烈的酒氣直讓他想吐，混合酒的威力已經顯現了出來，他的頭已經開始隱隱作痛，但看蕭蓉蓉的樣子，似乎只是剛剛熱了身。

「喝完一杯，再來一杯。好男人，不能說不行的。」

蕭蓉蓉軟硬兼施，壓根不給林東喘息的時間，只要再灌他一杯，這個可惡的男人就會在她面前倒下。

「小女子先乾為敬，大男人你看著辦。」

她仰起頭，長髮垂落，露出白皙的脖頸，拚酒也拚得如此優雅。

林東無奈，只好硬著頭皮往胃裏灌，喝到一半，只覺頭腦中意識已經開始模糊，暈乎乎的，就快休克的感覺。

「老三，為了你的破事，哥們要捐軀了……」

酒水嘩啦啦順著喉嚨淌進胃裏，每一粒分子都像一顆釘子，刺痛林東的胃。

林東感覺不行了，已經到了隨時都有可能倒下的地步，再喝下去，非得被救護車拉走。

就在此時，忽然感到胸前一暖，那冰冷的玉片竟然生出一股暖流，那暖流從胸口鑽入了體內，直奔腸胃而去，一時間，胃部的不適感竟然減輕了，大腦也漸漸恢復了意識。

「天助我也。」

林東察覺到了體內正在發生的變化，忍不住在心裏大叫了一聲，簡直愛死這塊玉片了，不僅能為他帶來財富，還能有解酒的功效，太神奇了。

源源不斷的暖流進入了體內，林東越來越清醒，醉意迅速褪去，剛才還漲得通紅的臉竟然慢慢恢復了本色。

蕭蓉蓉剛放下杯子，林東竟然不慢她多少，緊隨其後，把杯子倒置在她的眼前，告訴她一滴不剩。

在蕭蓉蓉眼裏，這完全就是一種挑釁。不過令她奇怪的是，這可惡的傢伙的臉色怎麼看上去比剛才好多了？

難道他故意隱瞞實力，剛才表現出來的都是在裝醉？

不可能！他剛才明明快不行了，可為什麼……

驚訝之餘，蕭蓉蓉的心裏打了個大大的問號，不禁對林東產生了幾分想要瞭解的興趣。

「女士，還喝嗎？」

林東壞壞地一笑，充滿了挑釁的意味。

蕭蓉蓉騎虎難下，她在酒桌上罕逢敵手，就不信灌不倒眼前這個討厭的傢伙。

「我叫蕭蓉蓉，咱倆別先生女士地叫了，又不是在演話劇。」

蕭蓉蓉主動報出了姓名，林東心裏一笑，這女孩似乎對他有所改觀了。

「我叫林東，很高興認識你。」

林東伸出手，蕭蓉蓉竟然大大方方地和他握了一下。

手如柔荑，膚如凝脂，林東握著蕭蓉蓉柔若無骨的纖纖素手，恨不得時間靜止，讓這一刻成為恒遠。不過這只是他的癡心妄想，蕭蓉蓉只是讓他碰了碰，時間不超過三秒。

「還喝嗎？」

林東有意終止這場拚酒，有了玉片的幫助，他倒是不怕繼續拚鬥下去，只是擔心會損傷蕭蓉蓉的身體。

蕭蓉蓉是個驕傲的女人，在她的世界裏，只有她同情男人，根本不可能接受男人的同情。

林東的讓步，在她眼裏就是對她的憐憫，這更激起了她的傲氣，必須要灌倒這個討厭的傢伙。

「怎麼，你怕了？」

蕭蓉蓉反唇相譏，又將二人面前的杯子倒滿了酒，擺出一副豁出去的姿態。

林東終於有點明白李庭松的痛苦了，跟這樣一個高傲的女人在一起，除非一切都順從其願，否則必然會遭到她的打壓。

「可憐的老三啊，哥們懂了……今晚就讓哥們替你出口氣。」

林東端起酒杯，咕嚕嚕往肚子裏灌，有玉片散發出的暖流護著腸胃，他覺得杯中的酒忽然間變得寡淡無味，跟白水沒什麼區別，有此神物相助，千杯不醉已不再是誇詞。

這一次，林東先乾完了一杯。他放下杯子，看到蕭蓉蓉的臉正變得越來越紅。已經三杯下去了，這滿滿一杯就是五兩，這種混酒最容易醉人。

林東不禁為她感到心疼，人有時候太要強反而傷害的是自己，尤其是要強的女人，況且蕭蓉蓉是那麼要強的一個女人。

要怎樣強大的男人才能成為這個女人的一片天？

以他對李庭松的瞭解，軟弱無求的老三肯定不是蕭蓉蓉的良配。

蕭蓉蓉放下空空的酒杯，拿起酒瓶又要倒酒，只不過手已經不聽使喚，哆哆嗦嗦把酒灑在了桌上。

林東按住了她的手，把酒瓶從她手裏奪了下來。

「別再喝了。」

林東看著她的臉，頭髮亂了，眼睛紅了，緋紅的皮膚上蒙了一層細密的汗珠，真是讓人心疼。

「要你管？是男人的，就跟我分個高下。」

蕭蓉蓉把酒瓶從林東手裏奪了過來，給自己倒滿一杯，端起來就喝。

不贏，就代表著恥辱。無論做任何事，她都要做最好，只有把別人踩在腳下，才能體現自己的價值。

「瘋了，就陪你一起瘋吧。」

林東把自己的杯子倒滿，仰頭狂灌，以最快的速度喝完一杯，然後又倒了一杯，再喝完，一杯接著一杯……

等蕭蓉蓉喝完那杯，醉眼朦朧，發現桌子上的酒瓶已經完全空了。

林東的胃又開始難受起來，剛才喝得太猛太急，即便有玉片護體也有些扛不住了，好在玉片正在化解酒力，只要稍微休息一會兒，就會好很多。

反觀蕭蓉蓉，臉色煞白，已經撐不住了，這個酒場上的穆桂英終於喝醉了，揮舞著手臂，嚷嚷著要回家。

林東趕緊過去把賬結了，等回到座位上一看，蕭蓉蓉已經不見了，但她的小包還落在座位上。

林東拿起她的包就往門口跑，他聽人說過，有些齷齪的男人專門在酒吧外面等候喝得爛醉如泥的獨行女性，出來之後就上前將其帶走，或去賓館，或在路邊，發洩之後逃之夭夭，俗稱「撿屍」。

蕭蓉蓉醉成那樣，又是一個漂亮的女人，要是被人撿走了，林東一輩子都不會心安。

焦急地跑到門外，看到蕭蓉蓉一個人正晃悠悠地往前走，林東趕緊衝上前去，把她扶住。

蕭蓉蓉走到自己的車前，拉開車門。

「你要幹嘛？」林東問道。

「我要回家。」

蕭蓉蓉喝醉了酒，舌頭打結，林東勉強聽出來她是這個意思。

她已經醉成這樣了，怎麼能開車？

他剛想問蕭蓉蓉家住在哪裏，準備叫車送她回去，蕭蓉蓉卻一下子倒在了他的懷裏，怎麼叫也不應聲。

「這可怎麼辦？」

林東想了想，還是讓打電話給李庭松，讓他過來把蕭蓉蓉送回去。撥出電話，李庭松的手機竟然關機了。

「叫天天不靈叫地地不應，怎麼辦是好？」

林東抱著蕭蓉蓉，他生平還未和女孩子有這麼親密的接觸，就算是和高倩，也只是到拉拉手的地步。

一低頭，一個不小心，他的目光穿過蕭蓉蓉的領口，看到裏面雪白的兩片高地，頓時一股熱血沖上腦門。

「罪過罪過……」

蕭蓉蓉的腿已經軟了，站都站不住，他只好將其攔腰橫抱起來，立在原地，茫然四顧了一會，看到前面不遠處快捷酒店的霓虹燈招牌，微微苦笑，抱著她一步步朝那裏走去……

林東抱著蕭蓉蓉進了快捷賓館，直奔前台而去。

「你好，還有房間嗎？」

這是他第一次住賓館，第一次抱著女人來開房，真是……

前台的那個男人看到林東懷裏抱著的女人，色瞇瞇地盯著蕭蓉蓉的臉，一秒也不肯移開。

「喂，有房間嗎？」

林東提高了音量，前台的男人這才回過神來：「有的有的，二位要哪種規格的？」

這只是一家普通的快捷賓館，也談不上什麼檔次，若是林東自己隨便都能將就，可估計懷裏的美人不接受，就多花點錢吧，要了最好的房間。

做好了登記，林東抱著蕭蓉蓉就上樓去了。

林東打開了房門，卻發現房間裏只有一張床，一張很大的床，這才醒悟到剛才沒問清楚，畢竟是第一次開房，毫無經驗，難免有疏忽之處。

剛把蕭蓉蓉放下，卻不料這妮子忽然坐了起來，雙臂圈住林東的腰，拚命嘔吐，弄得兩人的身上全部都是穢物，還好林東及時把她從床上抱了起來，否則這張床也難以倖免。

林東把蕭蓉蓉放在椅子上，把沾滿穢物的襯衫脫了下來，蕭蓉蓉水藍色的長裙上也沾了不少穢物，肯定是不能再穿在身上了。

因為酒勁發作，蕭蓉蓉似乎極為難受，躺在椅子上也不安分，兩條玉腿亂蹬，竟然弄得裙擺翻到了大腿上，裙內的風光若隱若現。

林東不是坐懷不亂的聖人，他是個血氣方剛的年輕男人，見到如此旖旎的風光，怎麼可能沒有想法？

「老三啊，哥們在痛苦中煎熬啊……」

林東極力克制自己，把空調開到了最低，站在冷風機的出口下面，任憑冷風撲面。

深深吸了幾口涼氣，林東燥熱的血液平靜了些：「不能趁人之危，否則我與那些撿屍的齷齪男有什麼分別？」

理智戰勝了情欲，林東冷靜了下來，蕭蓉蓉如果稍微有一點清醒，看到自己這個樣子，應該會有生不如死的感覺吧。

必須把她的髒裙子脫下來。林東打定主意，伸手上前，卻又頓住了。

「等她醒了，肯定會問是誰脫了她的衣服，如果知道是我，那麼……」林東不敢往下猜測，這麼一個高傲的女人，如果受了羞辱，什麼事情都做得出來的。

林東光著上身衝到樓下，他記得，剛才前台有個女人的，還是讓她來脫，比較妥當。

到了樓下，卻見櫃檯上的一男一女都不見了，往前走近，卻隱隱約約聽到了男女喘息的聲音。

林東凝神靜聽，確定不是自己出現了幻聽，看到前面小房間緊閉的房門，聲音就是從那裏傳出來的，他已經猜到了裏面激烈的戰況。

「啊……」

男人發出一聲長長重重的喘息，便聽不到動靜了。

只聽女人催促道：「死人，快起來，待會來客人了。」

男人死豬一樣躺在床上：「翠兒，你去吧，讓我歇會兒。」

小房間內傳來窸窸窣窣穿衣服的聲音，不一會兒，門打開了，女人衣衫不整地從裏面走了出來，雲鬢散亂，一番剛從巫山雲雨中走出來的模樣。

她似乎沒料到外面會有人，還是個光著上身的男人，看到林東健碩的身材，紅暈未褪的臉上忽然間又湧起了一陣潮紅。

「麻煩你個事情好嗎？」林東心中有些忐忑，不知怎麼開口。

女人理好了衣服，有些不好意思，低頭說道：「什麼事？你說吧。」

「你跟我來……」

林東並未說明具體是什麼事情，只是含糊地說了一句。

只聽這女人「哎」了一聲，就跟著林東上樓去了。

走著走著，女人這才發覺竟然什麼都不問就跟他上來了，若這人是個壞人，那她怎麼辦？

女人一向心思縝密，心想這男人難道會邪術，不然，自己怎麼會鬼使神差就跟上來了？

林東打開房門，要她進去。

女人臉一紅，心裏雖猶豫不決，雙腿卻不聽使喚，已經邁進了房裏。

剛進房間，就聞到了濃烈的酒氣，看到前面椅子上躺著的女人，一身的穢物，頓時有點明白了。

蕭蓉蓉因為酒勁發作，渾身燥熱，腳上的高跟鞋已經被她踢到了不知何處，露出晶瑩的腳趾，裙子被她撩到了腰上，一雙珠圓玉潤的修長白腿就這樣毫無保留地呈現在林東眼前，甚至那最私密部位也露出尖尖一角……

林東的額頭上冒出一陣陣熱汗，此地不宜久留，他咽了口水，對前台的女人說道：「我出去了，你幫我把她的衣服脫下來。」

林東出了房間，順手關上了房門。

他出去之後，前台的女人仍然以為自己是聽錯了，她以為世上的男人都是一個德性，好色貪婪，只喜歡玩弄女人，沒想到遇到這樣一個與眾不同的好男人。

「放著這樣漂亮的女人不動，我該說你心善呢，還是說你傻呢？」

前台的女人自言自語，手上卻不停，很快就把蕭蓉蓉的衣服全部脫了下來，嘴裏不住的讚歎這醉美人如玉般的皮膚。

她把一絲不掛的蕭蓉蓉抱到床上，替她蓋好了被子，然後將房間裏打掃乾淨，這才拿著林東和蕭蓉蓉的髒衣服退出了房間。

「你們的衣服，我拿到洗衣店去洗，明天早上會送過來。都弄好了，你可以進去了。」

前台的女人對於林東的好感愈發強烈，若是換了其他客人，她壓根不會那麼主動幫忙。

「好的，那多謝你了。」

蕭蓉蓉今晚喝得太多太急，雖然已經睡著，但每隔一會兒，仍是不停翻滾，亂蹬亂踢，表情十分痛苦，弄得被子根本蓋不住她，不時露出雪白的一片肌膚來。

林東也喝醉過，知道醉酒的滋味很難受，看到蕭蓉蓉這樣，心裏很不是滋味。此刻，他已控制住了燥熱的內心，情欲消退，反而生出一種同情和憐憫的心態。他用冷水浸濕毛巾，敷在蕭蓉蓉的臉上，希望能減輕她的痛苦。

蕭蓉蓉折騰了一夜，他也一夜未睡，一直守在旁邊照看著。直到天微微亮，酒力過了，蕭蓉蓉安靜地沉睡了，林東這才去洗了個澡，倦意上湧，便躺在她身邊睡著了。

蕭蓉蓉也不知自己沉睡了多久，一睜開眼，就看到一張男人的臉。她努力回憶了一下，才將昨晚發生的事情記起。

林東的臉距離她很近，近到可以看清楚林東臉上任何一處。昨天在酒吧光顧著和他鬥酒了，倒是沒有仔細看看他，原來這討厭的傢伙長得並不醜，不知怎的，竟然將他和男朋友李庭松做了對比。

「嗯，是比庭松英武許多。」

林東赤著上身，一身結實的肌肉盡落在蕭蓉蓉的眼裏。

這裏是什麼地方？頭腦稍微清醒了一下，蕭蓉蓉就發現了問題，驚恐地睜大雙眼，打量著四周的環境。

白色的床單，白色的被子，透明的浴室……

賓館。

蕭蓉蓉的腦袋裏冒出這兩個字，掀起被子一看，自己竟然是一絲不掛。

天吶！他到底對我做了什麼？

蕭蓉蓉的尖叫聲將林東從睡夢中驚醒，睜著惺忪的睡眼，不解地問道：「大清早的，你又發什麼瘋？」

蕭蓉蓉裹緊了被子，也不知哪來的力氣，竟一腳把林東踹到了床下。

被人攪了好覺，林東心裏本來就窩著火，又被她踹了一腳，更加火大。

「你到底發什麼瘋？」

林東握住拳頭，勃然怒道。

「我要告你……」

想到自己一個黃花大閨女，竟然在酒後被人拖到了賓館破了處女之身，即便是高傲如她，此刻也忍不住流下了悔恨的淚水。

若不是自己一心逞強和他拚酒，這種事情怎麼會發生？

林東見她哭得那麼淒慘，梨花帶雨的模樣真令人心疼，心裏的怒火頓時就熄滅了，柔聲道：「蕭蓉蓉，我沒有碰你，請你相信我。如果你堅持認為我侵犯了你，你可以去做個鑒定，我想事實會證明我是清白的。」

蕭蓉蓉目光中的驚恐漸漸暗淡下來，林東既然這麼說了，難道真的是自己誤會他了？但是這房間裏只有他們兩個人，自己被脫得精光，不是他又能是誰呢？

如果真是他脫了自己的衣服，那麼他豈不是什麼都看到了，這讓她以後還怎麼做人？另外，這個昨晚才認識的男人會不會趁她醉酒時拍下了一些不雅照，以後借此來要脅自己，令自己聽命於他呢？

蕭蓉蓉的心裏七上八下，真後悔昨晚的衝動。

「是不是你把我的衣服脫掉的？」

林東哼了一聲：「你想得美！吐得一身都是，髒死了，我才懶得碰你。放心吧，是我讓前台的那個女的幫你脫的。你要是不信，待會可以去問問她。」

蕭蓉蓉板著臉，雖然知道是誤會了林東，但以她的高傲絕不會從嘴裏說出道歉什麼的。

「你出去，我要洗澡。」

林東苦笑了一下，離開了房間。不一會兒，就聽到房間裏傳來淅瀝瀝的水聲。

過了不久，門開了，蕭蓉蓉穿好了衣服，端坐在床沿上，重新變回了那個冷豔高傲的女人。

林東走了進來，穿上襯衫，原來只是去酒吧探探情況，卻沒想這一夜竟然發生了那麼多事。

「好了，你也清醒了，我就放心了，咱們就此別過吧。」

「林東，你站住。」蕭蓉蓉站了起來：「我這輩子還沒在酒桌上輸給誰，昨晚是我狀態不好，咱們改日再比。」

「還要喝？」

「少廢話，把你電話給我。」

林東把號碼告訴她，然後就出了房間。

等到他走到樓梯上，迎面走來一個男人，只覺這人的體型有些眼熟，卻又記不起在哪裏見過。這人卻一眼將他認了出來，等到林東出了賓館，立即跑到前台，問道：「三胖，幫我查查，剛才退房的那個人是不是叫林東？」

「好的，飛哥，您稍等。」

前台的男人外號「三胖」，也是陳飛他們一夥兒的。

「是他，沒錯。飛哥，你認識？」

陳飛吐出一個煙圈，目光中閃過一抹狠色，撥了一串號碼。

「李三，傷好了沒？哥跟你說的那人出現了，我先跟著，你帶上兩人，我會告訴線路，你們趕緊開車過來。」

倉促之間也來不及準備什麼傢伙，陳飛問三胖要了一頂遮陽的帽子，戴在頭上，匆忙跟了出去。

折騰了一宿，早上又被蕭蓉蓉吵醒，林東走在路上直打哈欠，只想儘快回家倒頭睡覺。這附近並沒有直達大豐新村的公車，他本想打車回去，這時電話卻響了。

「喂，倩啊，這麼早就醒了？」

是高倩打來的電話，雖然和蕭蓉蓉沒做什麼，但林東卻有點心虛。

「嗯，你在家嗎？我想去找你玩。」

林東只得再撒個謊：「昨晚和一個朋友喝了通宵的酒，剛散了場，現在還在外面呢。」

高倩追問道：「你在什麼位置？我現在開車過去送你回家。」

「那好吧，我在相約酒吧門口等你。」

林東只得又折回到相約酒吧門口，站了一會兒，就見蕭蓉蓉走了過來，她的車還停在這裏，她是過來取車的。

經過第一次的接觸，陳飛對林東有了大致的瞭解，這人警覺性高，爆發力強，所以他現在只能騎著摩托車遠遠跟著，等到李三那夥人到了，就可以動手了。

「好巧啊，我們這麼快又見面了。」

蕭蓉蓉款款走來，主動和林東打了招呼。

林東笑了笑：「我等人，你快回家吧，一夜未歸，家裏人一定很擔心。」

此時，高倩已經在來的路上，說不定就快到了，他可不想這兩個女人見面，因而也沒心思跟蕭蓉蓉多聊，心裏希望她趕緊離開這裏。

「有空出來喝酒，再見。」

蕭蓉蓉上了車，開車離開了這裏。

遠處的陳飛看到了這一幕，雖然隔得有些遠，但他卻能感覺到和林東說話的是個美女，正想著這小子哪來的豔福，卻見一輛白色的奧迪在林東跟前停了下來。

高倩下了車，手裏提著一袋包子和豆漿，遞給了林東。

「還沒吃早飯吧，趕緊吃吧。」

情。

林東是真的有些餓了，就在路邊吃了起來，高倩看著她，臉上是幸福快樂的表情。

陳飛啐了一口，氣得牙癢癢：「這小子真是好福氣，認識到全是靚妞。」

林東吃飽喝足，二人就上了車。高倩發動了汽車，朝大豐新村開去。

陳飛騎著摩托車緊跟在後面，他的車技很好，一路上始終與高倩的車保持不遠不近的距離，李三等人接到他的電話正往這條路上趕來，過不久就會和他會合。

「飛哥……」

李三等三人各自騎著摩托車，飛馳到陳飛身邊。

陳飛點點頭：「牛子、雞仔，辦了事我請大家喝酒。看到前面那輛白色的奧迪沒有，哥要辦的人就在車裏。」

牛子和雞仔都是李三的小弟，二人剛入道不久，沒打過幾次架，今天聽說有架要打，都很興奮，迫不及待地想要在大哥面前表現一下。

「放心吧，飛哥，包給我們了。」

李三踩著腳蹬站了起來，朝前面的車裏望去，「哎喲，還有個妞，看樣子還挺漂亮。」

陳飛笑道：「我剛才瞧見了，絕對是個美女，不過咱今天先把那男的解決，剩下的再說。」

高倩開車快到了大豐新村，林東因為太睏，在車上睡著了。

「林東，醒醒……」

高倩伸手推了推副駕駛位上的林東，林東睜開眼，問道：「到了嗎？」

「不是，」高倩表情凝重，作為高五爺的女兒，她的警覺性要比常人要高很多：「你看看後面的四輛摩托車，一直跟著我們。」

林東聞言，全無了睡意，朝後視鏡望去，果然看到有四輛摩托車跟著他們，再看看車上的四人，均是一副混混模樣。

高倩臨危不懼，反而出奇地冷靜：「可能是衝我來的。」

她爸爸是蘇城道上的半邊天，這些年得罪了不少人，明裏暗裏少不了有些人想要報復，搞不動高五爺，自然會把賬算在他女兒身上。

林東仔細觀察那些人，猛然發現，其中一人竟是他在賓館樓梯上遇到的那人，只覺對方有些眼熟，皺眉一想，確定就是那晚尾隨他的那個人。

「倩，他們是衝我來的。你在前面路口把我放下，然後馬上開車離開這裏。」

高倩此刻也來不及問他為什麼會得罪這些人，一臉關切地問道：「他們那麼多人，你怎麼辦？」

「你不用為我擔心，留你在這裏反而讓我分心。」

「林東，只要我開快車，他們追不上的。你坐好了。」

高倩剛想加大油門，轟隆隆的機車聲已經傳入耳中，四輛摩托車呼啦啦將她的車圍住。

「倩，聽我的話，一會兒我下車之後，你馬上開車離開這裏，無論發生什麼都不要回來。」林東打定主意，打開車門，從車裏躥了出來，朝另一個方向奔去。

陳飛吹了個口哨，四輛摩托車排成一列，呼嘯地朝著林東追去。

高倩明白林東這是為了她好，不過從小就見慣了這種場面的她根本不懼這幾個小嘍囉，往前開了不遠，停下車給李龍三打了電話，讓他火速派人過來。

林東一路狂奔，專揀摩托車難行的地方逃奔，他打定主意，只要跑到了人多的大豐廣場，這幫人應該就不敢胡作非為。

陳飛的車技了得，遇到難行的地方竟然能拎著車飛過去，緊緊跟在林東後面。

「小子，你不是能跑嗎？我看你跑不跑得過我的摩托車！」

陳飛幾次已經很接近林東了，不過他為了戲耍林東，都沒有下手。

眼看就要到人多的地方，陳飛識破了林東的打算，罵了一聲，加大油門，摩托車發出轟隆巨響，躥到林東身後，他抬腳就踹。

林東為了避免被他踹到，往旁邊一閃，降下了速度，只是短短幾秒，卻已被陳飛等人圍住。

「兄弟們，給我狠狠打，不要弄出人命就行。」

陳飛現在畢竟已經有了正業，並且又被林東看到了他的長相，所以並不打算親自動手。李三帶著牛子和雞仔，慢慢朝林東走去。

「不能坐以待斃。」

林東忽然發力，往前衝去，朝著最前面的雞仔就是一腳，直往雞仔的小腿踹去。多年踢足球的經驗讓他知道，以他這腳的力道只要踹中對方的小腿，包管讓對方倒地不起。

這一腳又狠又準，正中雞仔的小腿，這傢伙痛叫一聲倒在地上，抱著小腿哀嚎。李三等人顯然未料到會遭到綿羊的反擊，又驚又怒，揮著拳頭就朝林東砸去。

自從得到玉片，林東的體質每日都在悄無聲息中發生改變，隨著體內雜質的不斷排出，體能也越來越強，只是他並不知道自己已經強到了一個可怕的地步。

林東不閃不避，迎著他的拳頭，奮力轟了一拳，另一隻手抓住牛子已經打到胸前的胳膊，用力一扭，只聽咔嚓一聲，牛子的臉色異常痛苦，一隻胳膊晃悠悠地吊在肩膀上，顯然是已經脫了臼。

另一邊，林東的拳頭和李三的拳頭撞在一起，李三只覺得是打在了石頭上，兼之對方力量又出奇地大，直震得他一隻右臂又痛又麻，大吼一聲，想要再次出拳，卻被林東怒目一瞪，頓時嚇破了膽，已經想要退縮。

人不犯我我不犯人，人若犯我我必擊之。林東不是喜歡惹事的人，更不是怕事的人，這幫人已經欺負到他的頭上來了，若是繼續忍讓，豈不成沒用的廢物了。

必須給以重擊。

「你也倒下吧。」

林東目光一寒，使了個鞭腿，擊中李三的腿彎，對方只覺骨頭都裂了，痛叫一聲，飛了出去，倒下時，竟然距離剛才站的地方有兩三米遠。

陳飛驚呆了，他帶來的三人竟然那麼不經打，被林東三拳兩腳就收拾了。正在猶豫著是跑是戰，林東已經跨步上前了幾步。

「該你了。」

林東下了戰書，這幾個膽敢得罪他的人一個都不能放過，必須給他們以終生難忘的痛苦。

打架，七分靠實力，三分靠氣勢。有的時候，氣勢比實力還要重要，所以最怕那種不要命的。此刻，陳飛已經蔫了，而林東卻是氣勢逼人。

「逃吧，躲過一劫是一劫，以後的事再說吧……」

陳飛打定主意想要逃跑，跨上摩托車，卻被林東一個箭步上前，抓住了他的胳膊，一發力，連人帶車都被拽倒在地上。

摩托車滾燙的排氣管正好壓在陳飛的腿上，燙得他皮焦肉爛，褲子都冒了煙。

「啊……」陳飛被燙得直叫，扯破嗓子鬼喊。

林東掄起拳頭，重重砸在他的臉上，陳飛的半邊臉頓時就腫了起來，也不知掉了幾顆牙，咳了一下，吐得滿嘴都是血。

「別打了，我求你別打了。」

陳飛真是怕了，平時的囂張氣焰完全不見了，驚恐地看著林東，苦苦哀求。

「為什麼那天晚上跟蹤我，為什麼要打我？」

林東舉起的拳頭懸在陳飛的腦門上，胳膊上的青筋暴起。

「求你了，幫我把車扶起來，我腿上的肉都快被排氣管燙熟了。」

陳飛身上虛汗直冒，牙都快咬碎了，忍不住哼出來。

林東看到他已經快要虛脫了，別待會兒暈了過去，那就什麼都問不到了，於是就把摩托車從他身上扶了起來。

陳飛的小腿上還冒著熱氣，褲子燒焦了，與血肉黏在一起，模模糊糊的一片。

林東甚至已經聞到了一股惡臭。

「你搶了我的客戶，所以我才會那麼做的。大哥，求你饒了我吧，早知道您那麼生猛，我再借個膽也不敢尋您的麻煩。饒了我吧，大哥……」

「你的客戶？你是幹什麼的？」

「小弟是海安證券的客戶經理。」

證實了自己的猜測，林東更加心驚，他一直以為自己偽裝得很好，不會被對方券商發現，卻怎麼也未料到，一直等到對手打上頭來才發現身分暴露了。

這下麻煩大了，只要海安把監控錄影調出來提交給監管部門，林東從此就要在證券業銷聲匿跡了。

令林東甚為不解的是，自己每一個環節都做得小心翼翼，按理說海安那邊應該不會發現他是從業人員，那究竟是哪個環節出現了問題呢？

看來還得從陳飛嘴裏要答案。

「告訴我，你們是怎麼發現我的？」

陳飛不敢騙他，老老實實把情況說了出來。

「大哥，不是我們發現你的，是有人告訴我的。」

林東更加心驚了，知道這件事的人只有郭凱和高倩，高倩顯然是不會透露的，難道是郭凱？

他越想越覺得不大可能，自從他入行，郭凱一直沒少關照他，當初若不是他的挽留，自己現在已經離開了證券行業。

「是誰告訴你的？」

「是徐立仁……」

林東身軀一震，果然是熟悉的人在背後捅他一刀，看在大家同事一場的份上，平時在公司，無論徐立仁百般諷刺挑釁，他都是溫和處理，只是萬萬沒想到他的諸多忍讓竟然換來徐立仁這樣的陷害。

既然你咄咄相逼，就別怪我翻臉無情。

林東痛下決心，必須對徐立仁施以懲戒。

請續看《財神門徒》之二 變生肘腋

繼《淘寶筆記》後，又一迅速致富的現代傳奇！
首部揭秘金融運作內幕的商戰小說
網路點閱率千萬破表，年度最受歡迎作家月關力作
獵財
筆記
月關 著
投資是風險小的投機，
投機是風險大的投資。
投資不是投機，那是騙人的話！
看似人人衣冠楚楚，堂而皇之的商業活動
幕後陰謀詭詐，潛規則無數
笑臉背後，隱藏著你不知道的秘辛……
全書共8本
單冊特價199元 套書85折

財神門徒 之1 股神之秘

作者：劉晉成
發行人：陳曉林
出版所：風雲時代出版股份有限公司
地址：105台北市民生東路五段178號7樓之3
風雲書網：http://www.eastbooks.com.tw
官方部落格：http://eastbooks.pixnet.net/blog
Facebook：http://www.facebook.com/h7560949
信箱：h7560949@ms15.hinet.net
郵撥帳號：12043291
服務專線：(02)27560949
傳真專線：(02)27653799
執行主編：劉宇青
美術編輯：許惠芳

法律顧問：永然法律事務所 李永然律師
北辰著作權事務所 蕭雄淋律師

版權授權：蔡雷平
初版日期：2015年5月
初版二刷：2015年5月20日
ISBN：978-986-352-164-8

總 經 銷：成信文化事業股份有限公司
地　　址：新北市新店區中正路四維巷二弄2號4樓
電　　話：(02)2219-2080

行政院新聞局局版台業字第3595號 營利事業統一編號22759935

定價：280元　特價：199元

國家圖書館出版品預行編目資料

財神門徒 ／ 劉晉成著. -- 初版-- 臺北市：風雲時代，
2015.04 -- 冊；公分

ISBN 978-986-352-164-8（第1冊；平裝）

857.7　　104003800